愛を「いただこう」なんてずうずしいよね。

——文庫本のまえがきにかえ

まえがきにかえて

ビートたけし

無題

また「いつかね」と君が笑って去っていきました
ぼくは親にはぐれた小鳥のように
じっと息をこらして立っていました
ぼくの愛は紙ヒコーキのように
君には届きません
とぼとぼ歩くぼくの影が十字路に伸びて
トラックがひいていきます
ぼくの愛が君に届くまで
君のほめてくれたスニーカーをはいて
都会にまぎれて歩いていきます
ぼくの涙が星になるまで
君の好きだったカンコーヒーを持って
ひとりブランコのようにゆれていきます

写真の君は何にほほえんでいたんだろう
ぼくは夏にはぐれたホタルのように
そうっと息を殺しています
ぼくの愛はほつれたボタンのように
君には届きません
公園の片隅でいつもふたりで乗ったブランコが
ぼくをなぐさめるようにゆれています

愛でもくらえ　目次

かみさんが戦友に思えるまで　69

半端な親の愛なんていらない 111

おふくろからは逃げられない

無題

青い空がこんなに悲しいと思いませんでした
春の日差しがこんなに痛いとは思いませんでした
ぼくの心のぬくもりはどこにいってしまったんだろう
きれいな花が悲しいと気がついたのはいつからだろう

●オレぐらい、マザコンはいない

すべてはおふくろから始まった

オレくらいのマザコンはいないんじゃないかと思っている。

母親がいなければ何もできないというわけではない。いわゆる母親依存の人間とは違う。

女の子とつきあうたびに、どうしてもそこに〝お母さん〟というものを見てしまっている。そういう意味でのマザコンということだ。

いろんな女の子とつきあってきたけれど、偉そうなことや、文句を言わせてくれる女、男のわがままを黙って聞いてくれるタイプの女がいるでしょう。結局は、オレはそういう女にいつも頼ってきた。最終的には、

「おねえちゃん、なんとかしてくれ」

って言ってしまう。オレのほうからおねえちゃんに、

「おまえ、こうしなけりゃだめだよ」

なんて言ったことは一回もない。何をするにしても、むこうが勝手にやってくれるのを待っている。ついでに言えば、女の年齢は関係ない。いくら若い子でも、オレのほうが頼ってしまっている。そんなことじゃだめだと思ってはいるんだけど。


誰でもそうだと思うけど、やっぱりおふくろの嬉しそうな顔が見たい。それが自分にとってのすべてではないけども、「おまえ、よくやったね」と言われることとか、喜ぶ顔、そういうことがすごい嬉しい時がある。でも、オレのおふくろは「よくやったね」とは絶対に言わない。

ベネチアで賞をとったとき、オレはエクセルシオールってホテルに泊まっていて、授賞式のあと部屋からおふくろに電話した。

そしたら、もう知っていて、

「ニュースかなんかで聞いたよ」

と言われた。そして金獅子賞のトロフィーのことを、

「なんか外国でもらったんだって。なんか金のやつもらったんだって、金の」

　って聞くから、

「うん、ライオンに羽がはえてるやつ」

「それ、いくらするの、それ」

「わかんねえよ、金のかたまりだよ」

「何グラムぐらいあるの、つぶしたらどうなの」

　って、もうだめだ、こいつと思った。

「くれっ、それ。金歯にしちゃう」

　とか、わけのわかんないことを言っている。それはもちろん冗談を言ってるし、ほんとはおふくろも嬉しいんだ。でも、うちのおふくろは絶対に「おまえよかったね、すごいねえ」と誉《ほ》めてはくれない。それにしても、

「金のそれつぶしてさあ、あたし奥歯悪いから金歯にしてさあ」

　などと言う、その変なセリフがすごい。つぶしたらいくらになるんだって、そんなことばかり言ってる。よくそんな言葉が出てくるなと思う。

　オレもこの年になってわかるけど、おふくろも年だし、なんだかんだ言っても実は

喜んでいるんだろうな、その照れ隠しでそんなことを言ってるんだろうな。それはわかるつもりでいる。

●おふくろ・北野さきの教育

貧乏からの脱出は学歴だ

うちのおふくろは、親父のこともあったんだけど、とにかく教養をつけなきゃいけない、貧乏からの脱出は学歴だってことしか考えていなかった。

オレの育った足立《あだち》区梅島《うめじま》というところは、うちの近所の人たちには悪いけど、ほとんどが中学出なんだ。それで職人になったり工員になっている。

そういう環境でどうにか這《は》い上がるためには学歴しかない、それもなぜか工学部系統の、機械関係だっておふくろは考えていた。文科系じゃなくて理科系だ、と。今から考えれば、それがちょうど戦後の高度成長期に当たっていたんだから、ひょっとするとおふくろには先見の明があったのかもしれない。

おふくろは再婚なんだ。最初、陸軍中尉かなんかと一緒になって、その旦那は死んでしまったらしい。それが北野っていう名前だったんじゃないかな。その家系がまたいろいろ複雑で、省略するけど、要するにその北野の名前を残すために養子をもらうということになって、養子にきたのがうちの親父の菊次郎《きくじろう》というわけだ。

それでおふくろは再婚したわけだけど、そうすると、親父はおもしろくないわけだよ。学歴ゼロだから。小学校もろくに行っていないんじゃないかな。それが、おふくろのほうは前の旦那が陸軍の中尉で、おふくろ自身も師範学校を出ている。もう親父は結婚した直後から暴《あば》れたらしいもの。

理科系のすすめ——小説を読むと「アカ」になる

おふくろは子供を四人産んだ。兄貴二人と姉さん、そしてけっこう年をとって、最後にオレが生まれた。オレは恥かきっ子だから堕《お》ろそうとしたって噂《うわさ》もある。堕ろそうとして失敗して、だからオレの頭には手術道具の引っ掻《か》き傷があるって。医者が空振りしたって。

そんなことはどうでもいいんだけど、北野さきの子供たちが進む道は、理科系じゃなければいけないと決めていた。ただ、それがわからないんだ。なぜ理科系なのか。どこでどうやってそんなこと覚えたんだか。

オレたち兄弟が小説とか漫画を読んだり、音楽を聞いていたりすると、ものすごい勢いで怒られた。特に小説なんか読むと、必ず「アカ」になるって言う。共産党っていうのを目のかたきにしていたんだ。とにかく、ものごとを文科系に考えると、必ず反政府的なやつになってしまうって病的に思い込んでいた。漫画を読んだり小説読んだりしていたら、すぐに拳《こぶし》が飛んできた。

ただ思うに、明治、大正、昭和、それも戦前戦中戦後を子供抱《かか》えて生きてきて、おふくろはどこかで感づいたんじゃないか。これからは工業っていうか、理科系の仕事が増えるのが間違いないと思ったんじゃないか。エンジニアとかそういう職業に就《つ》くことが、いちばん安定しているというふうに。

加えて言えば、おふくろも師範学校を出ているから、それなりに太宰治《だざいおさむ》をはじめとした小説家たちの放蕩三昧《ほうとうざんまい》を知っていたんだろうと思う。しかもリアルタイムで知っていたわけだ。太宰治と山崎富栄《やまざきとみえ》の心中が昭和23年。ということはオレが一才、おふくろは四二、三のころだ。子供四人を食わせるのに必死だったおふくろからすれば、浮気した女と自殺したりするのは、だらしない人だと思ったんじゃないか。

有島武郎《ありしまたけお》が大正末に情死して、昭和の初めには芥川龍之介《あくたがわりゅうのすけ》が女房子供を残して自殺している。そんなことを歴史ではなく、ナマの事件として全部知っているわけだから、そう考えればおふくろの理科系志向もわからないわけではない。いずれにしても、もう理科系だ、文科系は絶対だめだと思ってしまったんだ。だからオレも子供のころから理科系のことしか頭になかった。そのまま大学まで行ったわけだけど。それでオレは、大学に入るまで小説なんか一冊も読んだことがない。もう数学とか理科とか英語ばっかりだった。

〝チャーリー〟兄貴も大したもんだった

よく考えてみれば、いちばん上の兄貴は相当、頭がいいんだ。小説を読みたいからというんで、全部英語の本で読んでいたんだもの。うちにはスケベ本から何からペーパーバックの原書がめっちゃくちゃあったんだ。兄貴はそれを、高校ぐらいのときにはすでに読めていたっていうからね。だからそれは、日本語の小説を読んでいるとおふくろにぶん殴《なぐ》られるからじゃないかと思う。英語だったらおふくろもわからないから、英語の勉強するふりしてずうっと読んでいたんじゃないかな。

もう、なんでオレんち、こんなに英語の本ばっかりあるのかなと思ったもの。上の兄貴も、その下の大《まさろ》も英語の本ばかり読んでいた。

兄貴は早いうちから働きだしていて、たしか高校生ですでに通訳の仕事をやっていたはずだよ。オレが小学校の時だったかな、黒人とか白人とか、なんでオレんちいろんな外国人が来るのかなあと思ってたら、それは兄貴が通訳してやってる米軍の二等兵だったんだね。たまに軍曹みたいな人も来るけど。だからうちにはＰＸの煙草《たばこ》でもハムでもチョコレートでも、いっぱいあったんだ。兄貴がもらってくるから。それで食っていたようなものだ。それでまた兄貴は夜間高校の先生もやってたんだ。いろんなことをやっていたし、親父がろくに帰ってこないものだから、兄貴が家計を支えていた。

テレビを買ってきたのも兄貴だった。うちの近所ではオレんちが最初だった。オレが小学校５年かそこらだったんじゃないかな。力道山《りきどうざん》とかプロレスブームの時だったから、テレビをつけると近所の人がうちに上がっちゃって黒山の人だかりだった。それで、お茶出して、せんべい出してね。またそのテレビが変なでっかい、わけのわかんないやつで、上からレースかなんか掛《か》けちゃって、その上に花瓶置いちゃって、見るときはレースをあげて、電気消しちゃって真っ暗な中で見るんだ。まるでテレビを拝《おが》んでるみたいだった。

兄貴とオレは一九か二〇才違うんだ。親子ほど違うんだから。おふくろの先見の明じゃないけれど、世界に通用する特許を相当持っているらしいんだ。いま専務かなんかやってるんだけど、もちろん、語学のほうは、ますます達者で五カ国語も操《あやつ》れるっていうんだからやり手だ。その兄貴の娘たちは、やっぱり二人とも理科系に進んで専門分野で仕事してるし。

そういう兄貴だから、海外でもばりばり活躍していて、とにかくなんていうんだろう、したたかっていうか、すごいよ。

外国に行くと、兄貴はチャーリーって言われている。

「みんなオレのことチャーリー、チャーリーって呼ぶんだぜ」

なんて嬉しがってるんだけど、それは勘違いだった。オレ、教えてやったよ。

「チャーリーって、漫画に出てくるやつだぜ」

って。

「え？」

「え、じゃないよ。このスヌーピーの漫画に出てくるやつ、チャーリー・ブラウンって子供だよ。兄貴はこれに似てるっていうんでチャーリーって呼ばれてんだ」

「あ、なんだ、そういうことか」って。「なんだ、みんな笑ってたのか、ちきしょう」だって。

ほうきたたきの刑

兄貴の話でだいぶ本論から離れてしまったけど、そんなわけで、オレは家庭に父親と母親がそろっていなきゃいけないなんて絶対にウソだと思う。母親だけしっかりしてればいいと思うよ。うちなんか、殴る蹴《け》る、すごかったもん。おれはグレてもいいはずなんだけど、グレなかったのは、やっぱりおふくろがおっかなかったからだよ。普通の殴り方をしなかったしね。

たとえば子供が悪さをした。そうすると母親がほうきで叩く。だけど叩くにしても、普通は掃《は》くほうの、柔らかい部分でやるだろう。でもうちのおふくろは、柄《え》で突いたからね、ゴンッて。オレはカジキマグロかって。『老人と海』の獲物《えもの》じゃないんだ、銛《もり》で突くなって。普通、そんなひどいことやんないじゃない。殴るのなら掃くほうでパチパチやるじゃない、ケツなんかを。それが後頭部にガーンだからね、最後は。ほんと、おっかなかった。

しかも、それをやられるのはオレだけだった。上の二人は出来がいいから、ほうきには縁がなかった。大《まさる》あたりは静かで、正座してるんだから。絶対さからわなかったし。オレだけ、ちょっと経済がよくなった時の子供で、それで近所にはサラリーマンの子が多かった。オレもそいつらと野球やったり、同じ遊びしたくなるわけだよ。だけどうちのおふくろはさせてくれないんだ。だって、遊びが大嫌いなんだから。野球なんかやったら、ぶん殴られた。友だちとキャッチボールやってたら、後ろからボコンと殴られて、なんだいてえなあと振り向くと、うちのおふくろが立っている。「何やってんだあっ」て言われて。「早く帰って勉強しなっ」なんて。だから近所の子には「北野君ちのお母さんはおっかない」って、いつも言われちゃう。

庭に埋《う》めて隠したグローブとベーゴマ

まずおふくろは教育熱心だから、学校っていうと一生懸命だった。オレの小学校の担任で、藤崎《ふじさき》さんって男の先生がいたんだけど、その先生はたしか鳥取《とっとり》出身で、短大出て、まだ二〇才でね、だからひとりで下宿していたんだ。おふくろはその下宿に行って洗濯してあげちゃうし、飯つくってあげちゃう。そうすると今度は親父が、なんかあるんじゃねえかって勘ぐってしまう。

「てめえ、若い先生のところ通いやがって」

なんて、またもめだす。おふくろはそんなことじゃなくて、とにかく子供の勉強をどうにかしてほしいからって、もう、必死になってやっていたわけだけど、大変だったな。

そういう状態だから、日が暮れるまで遊んだという記憶もあんまりない。うちを抜け出して遊びに行って、おふくろに見つかっては帰って、またそおっと出て行ったりとかの繰り返し。だからかな、オレ、大きくなるにしたがって本当のことをあんまり言わなくなったのは。今もって隠すもん、全部。

なにしろ遊び道具は全部隠したからね。うちは長屋で借家なんだけど、昔の住宅だからいちおう庭がついている。それでやたら新聞紙とか、段ボールみたいなきたねえゴミの中に、グローブとか、ベーゴマとか全部包んで隠して、庭に埋めてしまった。犬だよ、それじゃ。で、掘《ほ》りおこしては、それ持って遊びに行くんだ。それでいつだったか、掘りおこしたら参考書が入ってた。「あ、見っかっちゃった、おふくろは知ってたんだ」って。今考えると大笑いだよ。


友だちもそんなにたくさんはできなかったね。たまに悪いやつが遊びに来て、しばらくしてそいつが帰ると、おふくろは追いかけて行って「うちの子とつきあっちゃだめだよ」なんて言うんだ。だから友だちの足が遠のくのも無理はない。

おもちゃなんていっさい買ってくれない。近所の人が、たけしちゃんかわいそうだからって、うちの向かい側に大工《だいく》の棟梁《とうりょう》がいたんだけど、その奥さんが買ってくれたことがある。そしたらおふくろは、すごい笑顔で「すいませんねえ、うちの子にねえ」って、奥さんに猫なで声出してるんだけど、こっちを振り向いたときには鬼みたいな顔。おまけにそのおもちゃを叩き壊すんだからね。

庭に埋めてたグローブだって、近所の人が買ってくれたんだ。あまりにも野球をかげで隠れてやっていたから。それも友だちのグローブを借りてやっていたから、それを見て、かわいそうだって。オレがこの年になっても野球だっていうと目の色変えるのは、やっぱりガキのころにそうやって隠れてやっていたからだと思うよ。ものすごい集中してやったもの。

ヨイトマケ、団子《だんご》売り、昼夜ない内職

ただ、おふくろは実によく働いたね。昼間は、親父のペンキ屋が忙しい時は手伝いでペンキ塗って、その仕事がない時は、ヨイトマケをやってた。うちの近所には大工さんたちがいっぱいいたから、そのつてで建築現場の仕事がけっこうあったんだね。だから基礎工事、地固めで、えいこら、えんやこりゃせって滑車を引っぱって。それから近所に西新井大師《にしあらいだいし》というお寺があるんだけど、そこに縁日になると草団子《くさだんご》とかを売る団子屋が出る。そこで団子を握っていたり。まあ、あのへんの人は、いろんなバ

イトを見つける。

それから近所に輸出専門のおもちゃ屋の、でかい工場があったんだ。景気がいいから、そこの内職をやったりもしていたなあ。

一日必死になってやって五〇〇円、その程度なんだけど、オレが寝てもやっていた。夜中じゅう、ライオンのおもちゃをつくったりしていた。背中のネジを巻くと、ライオンがガオーって吠《ほ》えるおもちゃがあったんだけど、そのライオンの体が剝《む》き身になっていて、糊《のり》で、体の毛みたいなのを貼るんだ、一個一個。

それから造花をつくったりね。あるときオレも造花つくれって言われて、出来が悪くてぶん殴られたよ。「なんだ、こりゃ」って。

それにしても、おふくろはいつ寝ていたんだろうと思うほど、よーく働いていたよね。それはすごいと思う。

松屋《まつや》デパートの屋上事件

おふくろがオレを買い物に連れていってくれたことがある。

「たけし、おまえのもん買ってやるよ」

って言われて思わず喜んだことを覚えている。

それでどこに行ったかというと、神田《かんだ》のほうだったかな。さあ着いたっていうんで、見ると、変な出版社みたいな建物に入って行くんだ。それが受験研究社って言って、〝馬のマークの参考書〟で有名な会社だった。そこで『自由自在』シリーズっていう参考書を買わされたんだ。なんだ、おまえのもん買ってやるって、これのことかと思って。『算数自由自在』『理科自由自在』とか、ひとそろい全部買わされて帰ってきた。

参考書だから、おもしろくもなんともないんだよ。それで、それを買ったあくる日かな、うちの中でそのへんに放っておいたらぶん殴られた。「勉強しない」って言って。「わざわざ買いに行ったのに」って。

だけど少しはおふくろらしく、浅草《あさくさ》のデパートに連れてってくれたこともある。そのころはもう、浅草に行くこと自体が遠足みたいなものだからね。オレんちから東武《とうぶ》電車に乗って、業平橋《なりひらばし》の駅を過ぎて隅田《すみだ》川の鉄橋を渡ると、終点が浅草なんだ。それが感動的なわけ。鉄橋を渡って、左にカーブするとだんだん浅草の駅ビルが近づいてくる。電車が駅ビルに入っていくと、上が松屋デパートになっている。ステーションデパートっていうの、ああすげえすげえって。

おふくろが「デパート連れてってやるよ」って言うのは、ただ単に見せに行ってくれるだけで、何かを買ってくれるわけではない。だけど、デパート行くぞって言われると、オレは喜び勇《いさ》んで行った。おもちゃなんか見て帰ってくるだけで、絶対に買ってくれることはない。それでも遠足だった。デパートの上の食堂で飯食って帰ってくるのが、大変なイベントだったね。

当時は松屋の屋上にぐるぐる回る遊覧飛行機みたいなのがまだあって、それにおふくろと二人で乗ったことがある。

でも乗って、飛行機が回り始めたと思ったら、そのとたん止まっちゃいやがったんだ。しかも屋上からはみ出した、下になんにもないところに来た瞬間、ギギギギ、コンッて、止まっちゃった。マヌケな飛行機だよ。周りの人が、「大丈夫ですかあっ」とか言ってるんだけど、冗談じゃねえ。外にはみ出しちゃってる。でもおふくろと二人で笑顔で答えるんだ、「大丈夫ですよお」って。情けなかったね、なんでこんなことなっちゃってって。それで、二時間ぐらい降りてこられなかったんだよ。冗談じゃないよね。

●明治生まれの誇り高さ

安売り、行列、月賦は大きらい

ここに来て「明治の女に学べ」なんて明治時代が見直されてるけど、やっぱり明治の人は貧乏人でも誇り高い。うちのおふくろなんか、近所で仲良くばあさん同士がお茶飲んでる姿を見て、「あたしはあんなババアじゃない」って平気で言うもの。やだねって言う。なんでこんな貧乏なとこに住んでそんなこと言うのってオレは思ってたんだけど、たとえば近所で大安売りがあっても、絶対にうちのおふくろだけは行かないんだ。

「冗談じゃない、あんな並んでるとこ。乞食《こじき》じゃないんだ。もってけどろぼうみたいなこと言われて、なんであたしが買わなきゃいけないの」

って、絶対に行かない。だから、うまい飯屋とか行列ができる店なんてのにも絶対に並ばない。「あんなのは下品だ」って。

「まずいもんでも、ちゃんと座って食えるとこなら行くけど、安かろうがうまかろうが、前の人が食ってるのを後ろに立って見てるような、そんな下品な食い方あるか」って。

だからオレんちは食事の時うるさかったよ。正座して食うし、テレビとかいっさいだめだし、新聞見たらぶん殴られるし。ただひたすら食うんだ。だからうちの食事時間は異常に早かったよ。みんな無口だもん。ただ黙々と食う。箸《はし》と口しか動いていない。でもそんな質素さの中に、何か所作《しょさ》みたいなものがあったんだね。


おふくろの中心には、自分がこの家庭を支えてちゃんと子供たちを教育しなければいけないという気構《きがま》えがものすごくあった。いや、それしかなかったかもしれない。だからこそ自分のところから送り出す子供はこうあるべきだというおふくろなりの志《こころざし》もあったんだろう。世間体をすごく気にしたし、貧乏って言われたくないし、ちゃんとしていたいと思っていた。人から何か言われるのが嫌いだった。

おふくろが言っていたことで、今すごい当たっているのは、「銀行はたかが金貸し」

っていうこと。それから「株なんて博打屋《ばくち》じゃないか、あんなもん」って言ってたことだ。昔から言ってたんだけど、それが今こうやって銀行も証券会社も破綻《はたん》してる。ちゃんとそのように見えていたのかと思うと、おふくろには素直に脱帽してしまう。

「あんなのはろくなもんじゃないよ、株なんて」とか「あんなもんに手ぇ出して」なんてずうっと言ってた。

「株なんかやってるのはろくなもんじゃないよ。博打じゃないか、あんなもん」

とか、

「銀行なんて金貸しだよ、あんなもん」

って、それはすごい物言いだった。

それにローンというのも嫌いだった。そのころは月賦《げっぷ》って言ったんだけど、月賦が大嫌い。金を借りてまで買いたくない。現金でしか買わない。緑屋《みどりや》とか丸井《まるい》とかができたてのころで、月賦販売って流行《はや》ったんだ。今はそれがクレジットって名前変えただけで、昔は月賦でしょ。おふくろはいつも言っていたね。

「月賦で買ったらずっと借金背負うんだよ。買えないよ。なんで月賦で買うの、そんなもん。もったいない。借金じゃないか」

「たけし、ちゃんと挨拶《あいさつ》しな」——オレのトラウマ

品性とか所作に通じるのかもしれないけど、挨拶にもうるさかった。オレがうまく挨拶できなくなっちゃったのは、おふくろに挨拶ばっかり強要されたからかもしれない。

うちに誰かが来ると「お客さんとこ行って、ちゃんと挨拶しな」って言われて、「こんにちはー」とか言うんだけど、そんな上手に言えないんだよ。そうするとおふくろは「まったく挨拶もろくにできなくて」って怒るんだ。だからオレは挨拶がやだやだって、だんだん人見知りになってきて、初めて会う人に「どうもこんにちは、たけしです」って言えなくてしょうがなかった。最近、言えるけど。

オレにとっては、こればかりは逆に出てしまった。気楽に挨拶ができなくて、客がうちに来るっていうと緊張したもの。それで挨拶ができないってボコボコ殴られたんだから、悪循環だよね。

今よく見る光景は、たとえば家に遊びに行くと、その家の子供かなんかが走り回っ

ていて、酒飲んでたお客が、よしゃあいいのに「ああぼうや、かわいいね」なんてやってる。そんなこと思ってるわけねえじゃねえか。うるせえガキだな、このやろう、せっかく人が酒飲んでるのにって思ってるわけでしょ。それが子供にバイバーイなんてやってる。全然めんどくさい。

うちは絶対に、お客が来たら、挨拶だけさせて、むこう行け。あとは子供を絶対に入れなかった。

「あんちゃんの友だちが来てるんだよ、おまえに来たわけじゃないだろ」

兄貴の友だちとおふくろと座っていて、おふくろは客にお茶とかいろいろ出してやって、あとは黙ってる。兄貴がしゃべっていて、オレは遠くのほうで様子をうかがってるだけ。とにかく、その場にはいなかった。

だから今、友だちの家に行って、そいつのガキなんか出てくると、もうめんどくさくてしょうがない。あいそ言わなきゃいけないしね。おもちゃの機関銃かなんか持ってこられて、タッタッタッタッなんて撃たれて。なんだいきなり、うるせえなあと思うけど、しょうがないから

「わー、おじさんやられたー」

なんて言うと、喜んでやがる。ようやく引っ込んだかと思うと、大事な話の時に、
またタッタッタッタッ。もうめんどくせえ。

●青春放浪篇

初めての反抗。そのとき世の中は学園闘争だった

おふくろに初めて反抗したのは大学に入ってからだ。

オレが入った明治大学工学部は、神奈川県の生田《いくた》校舎で遠いんだ。新宿から小田《おだ》急《きゅう》線で、向《むこうが》ヶ丘《おか》遊園のひとつ先なんだよ。行ったら、タマアミ持って川に魚とりに行くガキが見える。それぐらい田舎《いなか》だったんだ。遠くて死にそうだった。

だってオレは、高校まで自転車で行ってたぐらいだからね。それがうちから二時間近くかかるんだもの。東武線で北千住《きたせんじゅ》まで行って、常磐《じょうばん》線に乗り換えて日暮里《にっぽり》に出て、山手線を半周して新宿に行って、新宿から小田急線っていうルートだから、もう新宿に着くころにはヘロヘロなんだよ。それで新宿でよく降りてしまったんだ、めんどくさいから。そのまま学校に行かず、ジャズ喫茶に入ってコーヒーを飲んでいた。

そうしたら今で言う全共闘の学生がすでにいたんだ、ジャズ喫茶に。

モーニングサービスが五〇円ぐらいの時代かな、コーヒー飲んでたら全共闘の学生が近寄ってきて、「きみ、どこの大学？」とか言われて、それで立て続けにマルクス、レーニンやられて。オレは工学部だし、おふくろの教育もあってそういう本なんて一回も読んだことがないわけだ。そこには女の子もいて、何か難しい話をしているんだよ。何とはなしに聞いてると、実存主義のどうのこうのって、オレには全然わからない。

ああ、これは小説読まなきゃだめだとか、ついていけないとか、おねえちゃんにもてないとか思って、とうとうサルトルとか全共闘の学生たちが読むような本を買ったんだ。サルトルの『実存主義とは何か』とか、コリン・ウイルソンの『アウトサイダー』とか。あと、ボーヴォワールの『第二の性』、そんなのを買った。でもまるっきりわかんない。しょうがないから下村湖人《しもむらこじん》の『次郎物語』を買ってしまった。里子《さとご》に出された少年の物語。実存主義とはだいぶ違うなあと思って。うーん、て、感動してどうすんだって思って。なかなかいいなって。

それで、サルトルも必死になって読んだんだけど、全然わからなかった。そしたら、学園闘争になってしまったんでジャズ喫茶に入りびたって、そのまま『ビレッジゲート』っていう店のボーイになったんだ。『ビレッジゲート』と、あと『ビレッジヴァンガード』っていうジャズ喫茶のボーイもやったな。余談だけど、あの死刑囚の永山則夫《ながやまのりお》はオレと同じころ『ビレッジヴァンガード』にいたらしいね。オレが遅番で彼は早番だったという話だけど。

逃げ出した日、おふくろは泣いた

一九才だった。

大学にはろくすっぽ行かず、バイト生活に明け暮れるようになって、オレは家を出る決意をした。おふくろに反抗するのは生まれて初めてのことだった。

オレが家を飛び出したら、おふくろは、泣いていた。

友だちの家具屋の車を持ってきて、荷物を積んで「もう出てく」って言ったら、泣いて、怒った。

「ばかやろう、どうせおまえなんか食えないんだから」

って言って、怖い顔をしながら悲しそうに泣いていた。

だけど、おふくろは後をつけて来たんだか、オレのアパートの大家を探し当てたんだ。それであとでわかったことだけど、大家のところに来て、

「うちのばかは、どうせ部屋代が払えなくなりますから、私に請求してください」

と言っていたらしい。

オレは金が続かず、家賃を半年以上ためちゃって、そしたらとうとう人家がやって来た。

「北野くん、ちょっと」

「あ、大家さん、どうも」

「きみ、うちの家賃、半年以上ためてるんですよ」

「すみません、バイトで払いますから」

「いや、そういうことじゃなくて、半年間も見逃してくれると思うかい、世間は？」

「いやあ、それは大家さんが人がいいから」ってはぐらかしたら「ばかやろう」だって。

「きみのおふくろさんがなあ、訪ねてきて、どうせ払えないからって、私に請求して

くださいって言ったんだ。だめだよ、親にそういうことさせちゃ。お母さん、ちゃんと考えなきゃだめだ」

って怒られて……。

ああ、またおふくろにつかまっちゃった。

抜けられない、逃げられないなと思った。

それで、オレは羽田空港の荷役《にやく》仕事に行った。金を返さなきゃいけないと思って。そこには中上健次《なかがみけんじ》さんなんかもいて、エア・グランド・サービスっていうところなんだけど、ものすごいきつい仕事なんだ。今はカーゴでわりと簡単に荷物を上げ下ろしするでしょ。だけどあの当時はもう、ベルトコンベアで上げて、どんどんどんどん飛行機の中に入っていく。ベルコンに重い荷物をガーッと乗せて、グーッと上げて、上で待ち受けてって、全部手作業、肉体労働なんだ。

だからそこにいるのも頑丈《がんじょう》そうな大学の運動部ばっかり。部費稼《かせ》ぎに、一、二年が来てるわけ。拓大《たくだい》空手部とか、もうガラの悪いのばっかりだ。すぐケンカが始まるしね。夏なんかは、でっかい食塩の錠剤をガーッと飲むんだ。脱水症状でみんな倒れるから。錠剤飲んで、水をガーッと飲んでね。だいたい、一日で四キロぐらい痩《や》せるんだよ。

デイ、ナイトワン、ナイトツーって、シフトがあって、たとえばナイトツーっていうのは、夜の12時からあくる日の朝8時まで。ナイトワンが夕方の4時から12時とか、そういうふうに三交代のシフトで回していた。そこにはベッドと食堂があって、そこでみんな食いながらやってたんだけど、一週間で八〇〇〇円になった。八〇〇〇円っていうと大した金額で、なにしろオレの目白《めじろ》のアパートが七五〇〇円だったから、一週間で部屋代が出る。そのぐらいきつい仕事だったんだ。それでどうにかアパートの金は払ったけど。まあ、ひどい目にあった。で、気がついたら大学をクビになっていた。

それもそのはずで、オレは学費を払っていなかったんだ。六年ぐらいまでは籍があったという話なんだけど、それもおふくろが送っていたかららしい。だからやっぱりオレのことが心配だったんだと思う。兄貴二人がちゃんとなってるのに、あのばかだけがって。学園闘争を知っているわけだからさ、ばか息子がゲバ棒持って、警察に捕《つか》まったらどうしようと思っていたんじゃないかな。

「あ、うちの子だ」さすがのおふくろも驚いたオレの進路

子供のことは完璧に見抜いているおふくろだけど、大学を辞《や》めたあとのオレについては、さすがに想像はつかなかったと思う。

漫才師になったなんていうことは、全然知らなかったんじゃないかな。だから驚いたはずだよ、オレが浅草の演芸場に出だしたころ、うちの近所の人で「松竹《しようちく》演芸場でおたくの息子さんを見た」という人が現われて、うちのおふくろは、「うっそー」って言って、

「うちの子は大学を卒業できないんで、まだ大学にいるはずだよ」

なんて言ってたらしい。

「大学だって機械の関係だから、そんなもん漫才なんてやってるわけないじゃない」

とか言ってたらしいね。そしたら今度、オレがテレビに出だしちゃって。おふくろは「あ、うちの子だ」って、あせったらしいんだよね。噂は本当だった、ばかなやつだなって。

浅草・フランス座に根を下ろす

いろんな仕事、タクシーの運転手とかもやったんだけど、そのうちやることがなくなっちゃって、それで浅草に行った。

なんだろう、浅草のほうが、気安かったんだね。新宿はオレに合わなかったんだ。あの当時、寺山修司《てらやましゅうじ》さんの『天井桟敷《てんじょうさじき》』とか、あと黒テントとか劇団がいっぱいあったでしょう。新宿に集まる役者とかがワイワイいってる話が、なに言ってんだか全然わからないんだ。それだったら浅草の演芸場で、漫才師の話はよくわかってる。子供の時から見ているから。いきなり漫才師になろうとしたわけじゃないけど、浅草に行くと、興行パスっていうのをくれるんだ。浅草のどこかの劇場の従業員になると、浅草じゅう全部ただになるわけ。国際劇場までただになるんだ。

それでフランス座で「エレベーターボーイ募集」って書いてあった。ああ、エレベーターやってりゃいいやなんて思って、お昼11時から、夜の8時とか9時までかな、それぐらいから始めて、いつのまにか最後の時間までやることになった。

師匠の深見千三郎《ふかみせんざぶろう》さんは、前にちょっとロック座で見たことがあって、おもしろい人だなあとは思っていたけど、まさか自分がその人の弟子になるとは、その時は考えもしなかった。

コメディアン修行といっても、師匠の場合は特に何もない。オレが従業員で、コントをやりだしたときも、たまに師匠の舞台見せてもらったりしたぐらいだね。そこで師匠は一人芝居をやるわけ。「新しいネタを教えてやる」とか言って、オイラ座って見てるんだけど、師匠は一人で三役、一人コントっていうのをやるんだ。オイラはそれを見て覚えたわけ。師匠は、やるとうまいんだよねえ。もう、げらげら笑ってしまうんだけど、オイラがやると全然だめ。おまけにタップやったりアコーディオン弾《ひ》いたりもできるんだよ。それもうまいんだな。

師匠にいちばん影響受けたのは〝ツッコミボケ〟かな。あの当時の漫才って、ボケとツッコミの役割分担しかなかったんだ。だからツッコミは全然おもしろくない。「いいかげんにしなさい」「何言ってんだ」とか、それだけしか言わない。そういうのが典型的な漫才だったんだけど、深見のおとっつぁんのツッコミボケって、自分でツッコんでいて自分がボケてる。まあ、それは明石家《あかしや》さんまとかオイラがよくやるんだけど、師匠はうまかったねえ。新しかったから新鮮だった。

深見師匠直伝《じきでん》「芸人は、外でも芸人だ」

それから師匠は遊び方がかっこよかった。あの当時、すし屋でひとり五〇〇〇円っていったら相当高い店になるわけで、二人で行くと一万円だ。

師匠が「おいたけし、すし食うか」「はい」ってついてったら、「なんでも早く頼め」って言う。それでオレがゲソって言ったらぶん殴られたわけ。

「何考えてんだこのやろう、恥かかせんな。なんだそれは、オレが金ねえみてえじゃねえか、ばかやろう」

って。深見師匠が言うには、おまえがトロっつったら、オレがすぐ、「じゃあイカのゲソ……コラッ」ってやろうとしたんだ、ばかやろうって。おいおまえなあ、いいか、食ってても、外に出てるときは芸人なんだから、おまえ、芸事やれって。

それでそのあと、好きなの食って、オレにぱっと財布渡して、「おい勘定払っとけ」って言いながら、耳元で「チップ、一人一万円ずつな」って。すし屋の中には従業員がだいたい三人いるんだ、オヤジと若い人と。だから全部で四万円ぐらいになるんだけど、勘定払って、「あとうちの師匠から」ってチップ渡してすし屋を出ていったら、また怒られた。

「ばかやろう、オレの影があるときに払うなよ、おまえ。相手がオレに、すいませんって言うじゃねえか。オレが出てっちゃった後に払うんだよ、ゆっくり。気まずいだろ、おまえ、従業員が師匠、どうもありがとうなんていちいち言って、オレがそれに答えんのは。オレがさーっといなくなったら、おまえがこう払って、で、出るんだよ」

……。

そんなことがあったり、また、あのころまだ浅草にクラブがあって、師匠と一緒に行ったことがある。ホステスが、「今日誕生日でえ、なんか買ってよ」なんて言ったら師匠が怒って、

「ばかやろう、初めて会った女になんで誕生日に買ってやるんだ」

で、さりげなく帰ったあくる日、

「おい、たけし、松屋行って財布買ってこい」

とか言う。

「財布に一〇万入れて、夜、その女に届けてこい」

って。

オレが店に行って、師匠からですって渡したら、女は驚いちゃってさ。もう電話がじゃんじゃんかかってくるんだ、お店に来てくれって。「師匠、行きましょうよ」って言ったら、

「ばかやろう、これで行ったらやりたくて来たみたいになるじゃねえか。一生行かないよ、あんなとこ」

なんて、そういうタイプ。かっこいいんだ。

師匠はけっこうボケるの大好きでね。オイラがボケると喜ぶんだ。

萩本欽一《はぎもときんいち》さんとか、東八郎《あずまはちろう》さんとか、たまに楽屋に来るんだけど、そうすると師匠が、「おい欽坊、なんか食うか」って言う。萩本さんは「ラーメンでいいですよ、ラーメン食いたいな」

「ああそうか」って、師匠がオレを呼んで、

「おい、たけー。あのよ、オイラみんなラーメン食いたいんだけど、おまえも好きなもん頼んでいいからよ、頼め」

楽屋に電話があるから、「フランス座ですけど、楽屋にラーメン五つ」って出前頼んでガチャンて切った。そしたら、みんなが帰った後、師匠が「ばかだな、おまえは」って言うんだ。

「なんスか」

「いいか、さっきな、楽屋にお客とオイラで四人だろ、お前入れて五人だろ」

「ええ」

「そん時はなあ、みんなおまえの電話の声を聞いてんだろ」

「はい、そうです」

「なんでそのまんまラーメン五つって言っちゃうの。普通、ラーメン四つ、天津丼《てんしんどん》ひとつって言うんだよ。そうすっと、ふざけんなこのやろう、なんでてめえがそんないいもん食ってんだってことになんだろ。そうすると萩本でもなんでも、ああ、フランス座にはおもしろいやつがいるなあって、そいでおまえを使ってくれるんじゃねえか、ばかやろう」

って言われた。うわーっと思ってね。

そのぐらいの気ぃ使え、ばか、ちゃんとやれ、そういうのは、いつも頭《ここ》に入れとけ、なんて言われて。ボケられるときにボケないとだめだよおまえ、普通の弟子やってたってて……。

浅草で出会った奇人変人、タニマチ、ソープ嬢

浅草っておもしろいのは、芸者さんでもなんでも、きっぷのいいのがいて、もう浅草の芸人といったら金がないから、おごってやるもんだと思ってる。帰りのタクシー代までくれた人がいるもの。「ねえさん、ねえさん」って言うと、「あ、演芸場のたけしだ、帰るのかい」って。オレが「金ねえ」って言ったら、「じゃタクシー代あげるから行きなあ」なんて。そういう人がいっぱいいた。

なんだろう、だから浅草の芸人ってのは、みんな出世しないのかもしれないね。居心地がよくて。飲み屋へ行っても、たとえば一六酒場《いちろくさかば》っていう店の先代のおやじなんて「ああ、ツービート来た」って言ってさ。「ツービート来てんじゃん、なんか出し

てやって」って、酒や肴《さかな》が出てくる。金が一銭もなくても、そうやって飲ましてもらって、「どうも」ってオレたちは帰っちゃうんだ。そりゃ、ありがたいよ。

あと、他の店に行くと、奥さんが頭いい人で、旦那がむこう向いてたり、よそ見してたりすると、「たけちゃん、これ食べちゃいな、内緒内緒」って。つけないからって。それでまたマグロかなんか出してくれて、ついでに旦那が便所行ったりなんかして、そうするともうオレたちは開き直る。唐揚げまで食ったりして。いちおう「旦那にばれない？」とか聞くけど、「大丈夫大丈夫」なんて言う。

だけどあれはよく考えれば、旦那も知っていたんじゃないかと思う。見て見ぬふりをしていた。だから客扱いがうまいんだよ。酒をそっとコップにつぎ足してくれたり、いい店あったよね。そういう人たちに、ずいぶんお世話になった。

ソープランドでも、いいねえさんがいた。金がないから、ほんとにたまにしか行けないけどね。何がいいねえさんかというと、誰にでもやってるんだろうけど、お金払って、「どうもありがとね」って言ったら、

「ああ、たけちゃん、あれじゃないか、たけちゃんはＢＶＤだもんねえ」

ってパンツと靴下持ってきて、

「はい、これ穿《は》きかえな」

と、ちゃんと新しい下着を出してくれるんだ。そうすると、浮気できないっていうか、またそこに行っちゃうんだよね。ソープランド、そのねえさんのところしかないって思ってしまう。違う店、違うおねえさんのとこに行って、ばれたら大変なことになるしね。やっぱり客扱いがうまいんだよ。


芸人に欠かせないというか、ありがたい存在がタニマチだ。でもこれがまた、浅草のタニマチだからせこいんだ。せこいのにもいろいろいるんだけど、演芸場の前にちょっと立派な格好した紳士がいて、「あ、たけしだ。飲みに行こうか」とか言って、オイラの芸人仲間も一緒になってクラブかなんかに行ったことがある。

そこで飲んでて、パッと見たらそいつがいないんだよ。「ちょっと電話に行ってくる」とか言ってたらしいんだけど、あ、逃げられたと思って、店の人に聞いたら「帰りましたよ」って言われてさ。「お金は?」「もらってませんよ」って。その店もおっかないとこで、怖いお兄さんが出てくるから、なんとかみんなの金をかき集めて一万いくらかなんか払ったんじゃないかな。

だまされたと思ってさ、ちきしょーなんて言ってたら、三ヵ月ぐらいたって浅草の一杯飲み屋に行ったら、そこで飲んでるやつがいる。それがそのおやじなんだよ。

「このやろう」

って言ったら、

「いやいや、あんたたち何考えてる。オレは、電話でちょっと債権の取り立てがあって……」

とか言って、

「金、取りに行って、金もいっぱい持って帰ってきたらおまえらいなかったんだよ。悪かった、今日はちゃんとするから今日行こう」

と言われて、もう一回行ったらまた逃げられた。また飲むだけ飲んで逃げやがった。

そういう笑い話はいっぱいある。錦糸町《きんしちょう》のヤクザの親分だっていうのが来て、錦糸町なら任せろって言うんだ。見た感じもヤクザで、オイラも金がないからつきあっちゃおうと思ってついて行った。錦糸町のクラブに行ったら、そいつはもうソファにふんぞりかえって飲みだすの。だけど周りに若い衆がいないんだよ。若い衆がいないのに親分なのかなと思って、普通ボディガード付けたりするんだけどなあと不思議だったけど、いちおうベンツか何かに乗ってる。それでふんぞりかえって「おお、たけし」とか言ってるしね。

それでその親分とクラブで飲んでたら、ハッと見るとむこうから錦糸町の地元のヤクザみたいなのがドドドドッと五人ぐらい入ってきたんだ。その瞬間、親分はオイラの頭をつかんで、もぐれもぐれってテーブルの下に隠そうとする。隠れたら、そいつも隠れるんだ。それで匍匐《ほふく》前進でカウンターまで行って、金払って逃げたんだけど、あのおやじ、なんだかわからない。錦糸町はおれのシマだと言ってたんだよ。いろんなのがいる。

浅草には愉快なホームレスもたくさんいた。井上《いのうえ》ひさしさんの『イサムよりよろしく』に出てくるけど、キヨシっていうホームレスがいたんだ。それが元いいところのぼんぼんで、ストリッパーに入れ込んで、財産全部使って、それでもまだ四〇〇万から五〇〇万持ってるっていう噂があった。貯金通帳とハンコをいつも持ち歩いているっていうのを聞いて、オレと、ハーキーって浅草の芸人がいるんだけど、二人でキヨシを襲っちゃおうって話になって、果物包丁を持ってキヨシを捜したんだ。それじゃ強盗だよ、まあ冗談で脅《おど》かして、そうすればもしかしたら金貸してくれるかもしれないしって捜したんだけど、居場所が全然わからない。どこに住んでるか全然わからなくて、結局あきらめた。

　そしたらある日、浅草の興行街が全部停電になるっていう事件が起きた。フランス座の隣りに日活の映画館があるんだけど、その裏にでっかい変電用のトランスがあって、そこがぶっ飛んで停電になった。ドーンと来て、浅草六区が真っ暗になった瞬間に、頭がコントみたいな、チリチリの爆発頭になったキヨシがふらふらと出てきてバッタンと倒れた。おまけに裸だった。濡れたものを干していて、それがトランスに接触して爆発したらしいんだけど、やっと住んでるところがわかったって。

　もうひとり、浅草ターザンという誇り高い男がいてね。真冬でもパンツ一丁で裸足で歩いてるから、ターザンって呼ばれてた。あんまり寒そうだから誰かがオーバーやったら、怒って、「ターザンはこんなもの着ない」って。それで三日後に肺炎で死んだ。誇り高いホームレスだったって話がある。

それでターザンは金をただではもらわないんだよね。ビスケットの缶を持っていて、一〇〇円あげると、ちゃんと一〇〇円分くれるの、はいって。「俺は施《ほどこ》しは受けない」とか言って。そのビスケット自体がもらったものだって話もあるけど、なんか変なやつだったね。「ターザンはそういうことしない」って。ターザン風邪で死んだって。

「これでもくらえ」生まれて初めての親孝行

そういうわけで、オレが浅草で二〇代後半をすごしていたころ、おふくろとはまるで音信不通の状態だった。

ただおふくろのことだから、友だちに電話を入れて、オレの様子を聞いたりしてたとは思うけど。だから世間で言う親孝行なんて全然していない。親孝行したな、と思えるのは漫才で売れた時だけじゃないかな。

漫才で売れた時に、いちばん上の兄貴から何から全部が集まって、たけしを囲んで食事会をやろうということになった。そのころのオレは、漫才ブームで人気絶頂の、いちばん忙しい時だった。

たしか上野かどこかのレストランだったと思う。家族みんなで食事だって言って、オレは遅れてやっと行ったんだ。そしたらおふくろは、

「なんだ、こんなときにまた遅れて、ばか」

なんて言ってね。それでいきなり、

「おまえ稼いでんだろ、金出せっ」

だもの。

オレにしてみれば、おふくろのことだ、きっとそんなことを言いだすに違いないと、その時現金で五〇〇万円ぐらい持って行ってたんだ。だから、

「これでもくらえ！」

って目の前にドンと札束を置いたら、

「アラーッ」

て、おふくろは声をひっくり返していた。「お前も出世した」って。そんなこと聞くのは、初めてだった。

兄貴たちは、みんな下向いてたけど。

おふくろは、今ここに……

おふくろが亡くなって、今、完璧な「母親」はかみさんだ。

全部金とられて、小遣いもらって、怒られたりする。それでも結局は「しょうがないね」って許してくれるというか。

家に帰ってこないと

「帰ってきなさい。たまには」

と言われる。それで帰ってみると

「おかえりなさい」

なんて必ず言う。ちゃんとメシもつく。

「じゃあなぁ」

って言うと

「あそう。また帰ってくるとき電話してね」

とこんな具合だ。何もうるさいことなんて言われない。だから、金たまった後に離婚されるんじゃないかと思ってしまう。

結局は、ここ何年かで、かみさんは気がついたんだと思う。オレの扱い方を。「あぁ、母親やればいいんだ」ということを。それまでは、かみさんが「私は女房だ」と言っていたときは、いろいろな女の問題があったりしてちょっとトラぶったこともあった。でも、ある時期から、「この人を扱うには母親だ」そう悟った時期があったんじゃないかと思う。それ以来、母親やってる。だから今は非常に心地いいんだ。

かみさんは頭がいいなと思った。

無題

森や小川がぼくをやさしくつつむ
ぼくは静かに眠る
明日の光をみるとはなしに

かみさんが戦友に思えるまで

無題

急に自転車が横から飛び出た
ぼくは夢中で君の手をにぎった
なかなか離せなかった
今日もぼくは自転車を待っている

●愛もくそもあるか

飢《う》えていたからやりたいと思った

看護婦の格好をして立っている女がいた。それがかみさんだった。

初めて会ったのは『大正テレビ寄席』というお笑い番組。牧伸二《まきしんじ》さんが司会進行で、かみさんはコントの衣装を着ていた。コントで看護婦の役をしていたわけ。

そのテレビ撮《ど》りの前座がツービートで、本番の前にオイラが漫才をやって、客をあったためておいて、牧伸二さんが出てくる。前座でウケるといずれ本番に出られるという仕組みになっていたと思う。

かみさんもミキ&ミワっていうコンビで漫才をやっていたんだけど、第一印象としては、いわゆるテレビサイズの漫才師じゃないなっていうぐらいだった。そのうち、演芸場でオイラの舞台見て笑っているおねえちゃんがいるのに気づいた。ああ、あいつだって、だんだんと気になって、オレも飢《う》えていたからやりたいなと思ってしまった。

だから愛もくそもあるか。ただチンポが腫《は》れただけなんだって。

「結婚しよう」なんていう意識も言葉も全然なかった。いきなり同棲したんだ。同棲といったって、オレが強制的に転がりこんだんだけどね。かみさんは武蔵小山《むさしこやま》のほうにマンションを借りていて、オレは浅草のきたねえアパートだったから、それよりはかみさんの部屋のほうが風呂もついていて調子いい。それで、一回呼んでもらって、そのまま居座ったんだ。野良犬みたいなもんだよ。

うちのかみさんも変なやつで、実家は大阪にあってすごい金持ちなんだ。母方はお寺だし、お父さんは貸ビル業みたいなことをやっている。だから土地はあるし、ビルも何個か持っている。弟がレーサーになっているぐらいだから、裕福な家に生まれてるんだ。そんな家の子がなんで漫才師になったんだか。

それにかみさんの実家は片手間で金貸しもやっていたと思う。なぜかというと、うちにいきなり大島紬《つむぎ》のとんでもないやつ、正札が八〇〇万円って書いてある反物《たんもの》が届いたことがあって、聞いてみたら、金を貸していたところがだめになったんで、借金のカタに取ってきたと言う。それでそんな反物をあげる人もいないからって、うちのかみさんに送ってきたらしいんだ。だけど、そんな高いものもらってもしょうがなかった。使い道がないんだからね。

「あんたを狙《ねら》ってた」――オレはすっかりはめられた

演芸場に来ていたかみさんが、オレに、

「漫才のネタ書いてくれない」

とか言ってきて、ネタを書いているうちにつきあいだした。そうしたら、かみさんの事務所の人が「うちのタレントに手をつけた」なんて、ほとんどヤクザのようにオレを脅《おど》かすんだ。もめちゃって、大変だった。


苦難があるからこそ二人の絆《きずな》はいっそう強まって……って、そんなわけないだろう。大変なこともあったけど、つきあって、同棲してて、そのうちかみさんの親が「みっともないから結婚しなさい」と言ったんじゃないかと思う。それで気がついたら、いつのまにか籍が入っていたんだ。オレは婚姻届なんて書いた覚えが全然ない。いまだに詐欺で訴えようか、公文書偽造で訴えてやろうかと思ってるぐらいだ。ハンコも押した覚えがないし、だいいちオレは自分のハンコなんて持っていなかった。だからかみさんは、そのへんの文房具屋で二〇〇円かなんかで売ってるやつを押したんじゃないか。ついでに言うと、オレは今だって自分のハンコを持っていない。あったとしてもどこにあるのか知らないし、仕事の契約書は事務所の森さんが持ってきてくれるからサインだけするけど、それだってこまかい内容なんかいちいち見てはいない。

あとになって、かみさんが言ってたもの。演芸場でオレがすごい売れてて、「あの時にあんたを狙った」って。

「あの人のかみさんになれば食いっぱぐれがないって思った、あたし。ほんとのこと言うと」

だって。

だからオレはすっかりかみさんにはめられたという感じがある。誘いに乗ったというかね。だって大人の男の価値判断なんて、女がそこにいたとしたら、第一印象でやりたいと思うかどうか、それだけだろう。そのあとになって性格を調べるとかいろいろ考えるわけで、最初は気持ちなんかどうだっていい。性格なんかどうでもいい、ただやりたいっていう本能が男にはあるから、ソープランドでもファッションヘルスでも成り立つんだろう。ソープランドに行って、ソープ嬢の性格調べているマヌケな男はいない。

　ファッションヘルスで「君の人柄は……」なんて考えてるやつはいないし、共産党の女の人はだめだ、君とはやれないって言ったやつもいない。共産主義者だろうが、原理運動家だろうが、やらせてくれれば誰でもいい。

　街頭で布教活動しているおねえちゃん見ても、いい女だったらやりたいと思ってしまう。なんでもいいんだ。だからセックスは宗教よりも強いという。「この女とやりたい」、それだけの理由で宗教に入ったっていうやつがいるから。でも、入ったけどやらせてくれなかったと怒っているやつもいる。

●糟糠《そうこう》の妻、実は夫を操《あやつ》る

「あたしとあんたの生活はここから始める」

結婚式なんて挙《あ》げてない。親に報告にも行っていない。ないないづくしで、親に挨拶もしていないけど、うちのおふくろにはかみさんが言いに行った。かみさんが行って、で、相当怒られたらしいよ。「やめな」って。「やめな、だめなやつだから」って。

結婚して一緒になると決めたとたん、それまで同棲していた武蔵小山のマンションを引き払って、なぜか亀有《かめあり》にアパートを借りたんだ。

「一からスタート、仕切り直しだ」

ってかみさんに言われて、八〇〇〇円ぐらいの貧乏アパートに二人で引っ越した。

「あたしとあんたの生活はここから始める」

とか言いやがった。

いちおう風呂はついていたんだけど、それだけで、なんてことはない部屋だった。そこからオレは松竹演芸場に通って、かみさんはというと、近所のスナックで働き始めた。夜6時か8時から、夜中の12時ぐらいまで、カウンターの中に入って客の相手をするんだ。土方相手にカクテルつくっては稼いで帰ってくる。

不思議なのは、かみさんは実家がすごい金持ちなのに、親から生活費を絶対にもらわないんだ。あれだけいい家なら、少しはマンションでも借りてもらえばいいじゃないかって思ったんだけど、自分でスナックのホステスやったりなんかする。ひょっとすると親とケンカしたのかもしれないけど、とにかく家からの援助は受けなくて、オレの金と自分の稼いだ金だけで暮らしたんだ。だからすごい生活力がある。

亀有から浅草まで、オレが演芸場に通うのに往復五〇〇円ぐらいかかったんだ、電車賃が。でもオレが出かける時、かみさんは五〇〇円しかくれなかった。金がないからって。それじゃ電車賃で消えちゃうよ。だからあと五〇〇円くれって言って、大ゲンカになったことがある。五〇〇円出すか出さないかで、血だらけのケンカなんかして、情けなかった。

「男が一歩、外に出て行くときに、五〇〇円って金はねえだろ、このやろ。もう五〇〇円出せ」

ってオレは怒ったんだけど、最初はかみさんが、

「あんたに一日、五〇〇円あげる」

って言ってきたんだ。

「なんだ、その五〇〇円てのは。オレが働いて稼いだ金だろう」

「稼ぎって、あんた、稼ぎないんだからだめじゃない」

「ばかやろう、昨日、給料入れたじゃねえか」

「あんた、あれで一ヵ月食えると思ってんの。五〇〇円しかあげらんないよ」

「だからもう五〇〇円くれ」

って、あとで考えたら大笑い。五〇〇円のために鼻血を出して、情けないケンカだった。

はじめはかみさんの性格も把握《はあく》していなかったし、キツイっていうか、なんていう

んだろう、金に関しては大阪人だなという感じがした。東京とは違う。なにしろケンカしてても金は出さないわけだから。オレに殴られても金は出さない。普通、女の子だったら、アルバイトもしてるわけだし、男が「ちょっとくれよ、お金ないんだから」って言えば、そしたら少しぐらい貸してあげようかとか思うはずでしょ。ところがかみさんにはそういうところがいっさいないんだもの。

金の「ありか」と「使いかた」をわきまえた芸人の妻

その当時、今から20年ぐらい前だけど、オレの収入なんて微々たるもんだった。なにせ演芸場のギャラが一日一〇〇〇円だからね。演芸場が一〇〇〇円ということは、そこから支配人に一〇〇円渡して残りが九〇〇円になる。ツービートはコンビだから、その九〇〇円を二人で分けるんだけど、相棒が一〇〇円ガメてやがって、本来なら四五〇円ずつのはずが五〇〇円と四〇〇円。あのやろう、コンビ組んだ時からピンハネしてやがったとあとで気がついたんだけど、とにかくオレに入るのは一日四〇〇円。

月に一〇日間演芸場に入って、四〇〇〇円。オイラ人気が出てきたから、上席と下席って、一日に二回舞台に上がるんだけど、その次の月はローテーションで中席だけ、一日一回になるんだ。都合二ヵ月で三回の席ということになる。そうするとトータルで一万二〇〇〇円だから、月に六〇〇〇円だ、計算すれば。そんな経済状態だから、かみさんがくれる小遣いが一日五〇〇円じゃどうにもならない。爪に灯《ひ》をともす生活だよ。

でも亀有の近くにお花茶屋《はなぢゃや》っていうところがあって、そこにお金持ちのおじさんがいてね。そのおじさんが浅草の芸人の面倒を見てくれて、たまに飲みに行こうって誘ってくれる。しかも帰るときには三万円ぐらいくれるんだ。

三万円ていったら給料の五ヵ月分だ。だからそのおじさんから電話があったなんていったら大変だった。愛人からひさびさに電話がかかってきたようなもんだよ。もう、いそいそしちゃう。それで出かけて行っておじさんと飲むんだけど、オレなんか心ここにあらずで、このやろうゆっくり酒なんか飲んでやがって、早く金よこせって。

ようやくご祝儀《しゅうぎ》もらってうちに帰る。もちろんかみさんには渡さないし、黙ってる。だけどバレてしまうんだ。さすがにかみさんの金に対する嗅覚《きゅうかく》は鋭《するど》い。オレが帰ってくると脱いだ服をバッて広げるんだ。そうすると中に金が入っている。「あんた、ご祝儀もらったね」だって。

横山やすしが遊びに来たとき……

亀有に住んでいたころ、横山《よこやま》やすしさんがオレを訪ねてきたことがある。亀有にはやすしさんが昔からよく知っているコミックバンドの人がいて、最初はその人を訪ねてきたらしいんだけど、あいにく不在で、近くにオレんちがあると聞いて、それで電話がかかってきた。「たけしかー」。「はい」って言うと、

「ワシや、横山や。今、おまえんちのそばまで来とる」

「え、亀有ですか」

「そうだ。駅前のスナックにいるからすぐ来い」

はいわかりましたって返事したら、

「悪いけど、一〇万ぐらい持ってこい」

「ないですよ、そんな大金」

「かみさんが持っとるやろ」

「それはやっぱりまずいですよ」

なんて言ってたんだけど、横山やすしっていったらこの世界では雲の上の人、すごい存在だし、しょうがないからかみさんに、

「やすし師匠から電話がかかってきて、一〇万円持ってこいっていうんだ」

って相談した。そしたらかみさん、「へえー、ちょっと待って」って一〇万円くれてさ、

「これで行ってきな」

いやな顔全然しないんだ。かみさんも大阪出身の漫才師だから、横山やすしって名前がどれほどのものかわかってたんだね。

それで一〇万円持って駅前のスナックに行った。「師匠、どうも」って挨拶したら、

「おう、たけし。ここの勘定、二万円払っておけ。さあ、次行くぞ」

だって。おいおい、なんでオイラが払うんだって。

おまけに次の店に行ったら地元のヤクザが集まっていた。親分までいるんだけど、やすしさんはその連中に「おい、コラー」なんてからみだしちゃったんだ。ヤクザ相手に、

「ワシを誰だと思うとんのや、コラー」

なんて始める。もう酔っぱらってるんだ。

「ワシのバックをわかって口きいとんのか、アホンダラ」

そんな、大物が後ろ盾《だて》についてるはずがないんだけど、

「ワシのバックは何だと思ってんのや、コラー」

ってヤバイからさ、オイラやすしさんの後ろから、

「この人のバックはルイ・ヴィトンです」

ってボケた。大変だった。

そんな調子で次から次に飲み歩いたら三軒ぐらいで金がなくなってしまって、「師匠、もうないですよ、金」って言ったら、「アホンダラ、もっと持ってこい」だって。しまいにはなけなしの一万円をふんだくって大阪に帰って行っちゃった。あったまきたなと思って。

明け方の4時ごろ最後の店をおん出されて、アパートまでとぼとぼ歩いて帰ってきた。帰ったらかみさんが「あんたどうだった、師匠」って聞くんだ。「金持って逃げた」って言ったら「なんだい」なんて拍子抜けしてね、だけど、「でもあの人はそのうち仕事もくれるよ」なんて言う。ああそうかもしれないなあ、とその時は妙に納得したけど、そんなことはいっさいなかった。仕事なんて一個もくれなかった。それからずっとおごりっぱなしで、とうとうそのまま死んじゃった。

よく考えれば、うちのかみさんは、すごい古いタイプのかみさんだね。

裏でうちのおふくろに小遣いやるし。一〇〇〇円とか二〇〇〇円ぐらいだけど、うちに金がないときもやってたし。あるいは大阪のお母さんが心配してちょこちょこ金を送っていたのかもしれないけど、オレには絶対に教えなかった。絶対にお金持ってるって言わなかった。だから結局はオレにも小遣いくれなかったんだけど。

「悔《くや》しかったら売れてみな」――アメとムチ

かみさんは人のケツをひっぱたくのがすごい。「悔しかったら売れてみな」って平気で言う。「なにあんた、何やっても売れないで。NHKなんか落とされてばかばかしい、冗談じゃない」とか言うんだよ。このやろうって思うじゃない。

ツービートはNHKの『漫才新人コンクール』でいつも優勝するって言われてて、でも三回連続で落っこちたんだ。それでオレは荒れちゃって、もう漫才なんかやめるって言ったことがある。どう考えたってオイラが優勝なんだから。コンクールは毎年イイノホールかどこかでやってたんだけど、オイラがやると大爆笑なんだ。だけどいよいよ結果発表の段になると、

「京丸《きょうまる》・京平《きょうへい》さんの優勝です」

オイラこけた。客もウオーってブーイングするし、どうなってんだって。

ツービートはNHKに評判悪かったんだね。ネタもきついし。だから審査員は「おもしろい漫才はいるんだけども……」って、オイラのこと言うんだけど、「光りませ

んよ、あれは」だって。なんだ、ちきしょう。ろくなもんじゃないって思った。もうばかばかしくなって、漫才やめるって荒れたの。それをかみさんが「何よあんた」ってケツひっぱたく。そのうち漫才ブームになった。

フジテレビが三カ月に一回組んだ特番の『THE MANZAI』が漫才ブームをケタはずれのものにしたんだけど、オレはそういうブームの時でも落ち込む時は落ち込んだ。それは勝った、負けたがはっきりしてるし、その落差が激しかったからだ。『THE MANZAI』の放映があったあくる日、外を歩くと、反応があるんだ。「ああツービートだ」って。「ツービート、昨日つまんなかったぞ」なんて街の人が平気で言ってくるわけ。うわあーと思って、三カ月たつとまた次の『THE MANZAI』の日になる。今度は「ツービート、こんなにおもしろいと思わなかった。昨日いちばんおもしろかったよ」なんてウケると、ああ外を歩いてもいいなと思う。だめなときは隠れていよう、そんな状態だったから、躁鬱《そううつ》も激しいわけだよ。

それでオレが「ギャフン」となるほどウケなかった時があった。ギャフン、完全に負けた、いちばんウケなかったっていう時があってね。もうネタを変えよう、今までのじゃだめだと思った。そうして落ち込んで、うちに帰って酒飲んで下向いてたら、かみさんが、いきなりポルシェを買ってくれた。

赤いポルシェで、一千万で買ったって。で、「あんた、これ乗んな」とか言ってね。ケツひっぱたくのもすごいけど、かみさんはそういうフォローもすごい。だからオレは釈迦《しゃか》の手のひらの上の孫悟空《そんごくう》で、見方を変えればだまされてるともいえる。おふくろにだまされて、かみさんにだまされて。そう、ずうっと操《あやつ》られているんだ、女には。

●オレが「火宅《かたく》の人」になったとき

うつしたらまずい病気

漫才で売れて、多少は余裕が出てくると、男だから当然遊びだす。遊んだら淋病《りんびょう》をうつされてしまって、かみさんにバレないようにするのが大変だったなんてことがあった。

薬を飲むのと、夜逃げ回るのに大変だった。

「あんた、なんで薬なんか飲んでんの」

「いや、体がだるくて熱が出て」

とか、いろんなことを言ってごまかした。なにしろチンポから膿《うみ》が出てるんだから。それも三日間ぐらい止まんない。パンツが汚れるけど、かみさんに洗ってもらうわけにもいかない。「何これ」って言われるから。だから風呂に入って一生懸命洗ってたら、ガラッと開けられて、「あんた何やってんの」って。必死になって隠したら、ところが今度は乾かないんだよ。濡《ぬ》れたパンツをどうしようと思った。しょうがないからギュウギュウ絞って、生乾きのまま穿《は》いちゃったりなんかして。それで寝たら腹がくだっちゃって。もう、ケツからウンコ、前から膿。ひどい目にあったな、オレ。

薬はちゃんと医者に行ってもらってきた。芸人がよく行くところがあったんだ。行ったら、

「ばか、おまえ変な女と遊ぶからだ」

って。けっこうその医者もお笑いが好きで、注射打ってくれて、

「おまえ、しばらくは酒と性生活はだめだよ」

とか言われた。

医者に行ったのはいいんだけど、薬をかみさんに見られるとまずい。淋病の薬だし、なんでこんな薬を持ってるのって疑われる。袋には「内服薬・なんとか泌尿《ひにょう》器科」と書いてあるから、違う袋に詰め替えて、ズボンのポケットなんかに入れて持っているとバレちゃうから、玄関の横にそっと置いちゃったりして。それを猫が持ってっちゃったりして。それでまだ飲まなきゃいけないのになくなっちゃったから、「先

生、まだ痛いんです」って医者に行って、

「薬を盗まれました」

と言ったら笑われた。

「おまえ、淋病の薬を盗むばかがどこにいるんだ」

「いや、かみさんに言えないんですよ」

って大変だったよ。

かみさんに性病をうつしてはまずいだろう。もう焦《あせ》った。

ところで今、クラミジアを持っている女子高校生がものすごく多いんだってね。淋病よりは軽いらしいけど、それでも立派な性病だ。それでそいつらは医者に行かないんだって聞いたよ。ちゃんとオレみたいに医者行けよ。やだな。危ないな。危ないなってオレが心配してどうすんだ。

おふくろとかみさん。二人を泣かせた別居中の大事件

売れだして、オレはかみさんと別居した。別居っていうか、ほとんど家に帰らなく

なった。

たまに帰ると怖かったよ。だってかみさんは何も言わない。黙っているんだ。オレが帰っても「ああ、お帰んなさい」って言ってごはん作って「はい」なんて出すだけ。かなりつっけんどんで、無口だから逆に怖いんだ。ほんとは怒ってるという意思表示のつもりなんだろうけど、文句言ったり泣いたりなんかはしない。それが困ってしまう。


でも一度、かみさんがものすごく怒ったことがある。オレがちょっと売れ出したら、ファンだっていう女のやつが現われて、つきあうようになったの。そんなに若くない、わりと大人の女なんだけど、ひとりでアパートに住んでいたんで、そいつのところに入《い》り浸《びた》ってしまった。

それがかみさんにバレて、かみさんは怒って飛び出しちゃったんだ。

かみさんが泣いて怒ったのにはそれなりの理由があって、その女が、ある日かみさんがいない時に突然、家に来ちゃったんだ。ピンポンピンポンて鳴らすから部屋に入れた。部屋へ入れたらやりたくなって、やってしまった。

オレは最低の男だ。やって、女を帰したら、今度はかみさんが家に帰ってきた。見ると、ふとんに陰毛から髪の毛からが散らかっているんだ。女はすぐわかるじゃない。なんでこの長い毛が落っこちてんのって。

「あんた、女連れ込んだでしょう」

「オレは知らない。オレの髪だ」

とかいろんなことを言って、

「オレの枝毛は長いんだ」

とか嘘をついて。だけどあげくの果ては風呂場に髪をしばるゴムか何かが置いてあって、もはやこれまで、観念するしかなくなった。

考えてみると、その女はマーキングしていったんじゃないかと思うんだ。「あたしがいる」っていうのをかみさんに見せつけたかったんじゃないかって思う。

だからかみさんが怒るのも無理はない。怒って飛び出して、もう松方弘樹《まつかたひろき》さんの騒ぎどころじゃないんだ。オレはてっきりかみさんは大阪の実家に帰ったもんだと思っていたんで、大阪に電話した。そしたら「帰ってませんよ」って言うから、やべえなと思って。どこに行ったのかなと不安にしてたら、どういうわけかうちのおふくろのところに行ってたんだよ。

おふくろのところで泣いて怒ったらしい。それでおふくろもまだ元気だから、かみさんと一緒にアパートにやって来やがった。オレはたぶんおふくろと来るなってわかっていたから、酒飲んで寝てることにしようと思った。

ガーガー寝てるふりしてたら、枕元で、嫁姑《よめしゅうとめ》で手をつないで泣いているのが聞こえる。それがまたよく聞こえるんだ。

「お母さん、すみません。私がだらしないからこの人がこんなことになっちゃうんです」

「いや、産んだ私のほうが悪い」

二人して自分の罪だって泣いてるんだ。

「私は幹子《みきこ》さんの前で本当に責任をとりたい。今からこいつを殺して私も死ぬから」

なんて言ってる。知らんぷりして寝返り打ったら、おふくろは立ち上がって台所のほうに歩いていく。それでガチャガチャって音がするから、おい包丁じゃないだろうな、ほんとにオレを殺す気かよと思ったらお茶を入れてただけだった。

冗談じゃないよ。オレはいざとなったらガバッと起きて、トイレに行って、そのまま裸足で逃げようと思っていたんだ。そしたらなんでもない、お茶入れているだけだって。そんなことを夜中じゅうやられた。ひどい目にあった。

「幹子さん、だからあんたに言っただろう。こいつはばかでだめなやつなんだから、結婚なんてやめたほうがいい。あんなヤクザなやつはいないからって結婚する時に言ったじゃない。ほら見たことか、こんなことになって」

「いいえ、この人が悪いんじゃなくて、やっぱり私が悪いと思うんです」

「いや、あんたのせいじゃないよ」

って、お互いにメロドラマやってる。二人して泣きやがって、情けないドラマを見てるみたいだったよ。やんなっちゃった。


「とうちゃん、でかした」


ひと騒動あって、それで終わった。その後はオレが帰らなくなっても、かみさんは当然女のところだろうと思うようになって、何も言わなくなった。

かみさんもしぶとくなったなあって思ったのは、オレが宮沢《みやざわ》りえと噂になった時。

いろいろマスコミに出て、そしたらかみさんから電話がかかってきた。それで、

「とうちゃん、でかした」

だって。

「いいのやったね」

って。やってねえよ、ばかやろう。

「いいよー、変なんじゃなくて。岡本夏生《おかもとなつき》よりはだいぶいい」

だって。

何なんだろう、女って自分を基準に世界を見てしまうことがあるのかもしれない。自分と他の女を比較して、たとえば亭主の浮気した相手が自分より品の悪いやつだったりするとすごくむくれる。「なんであんな女と」って。

うちのかみさん、

「ちょっとね、いいじゃないない宮沢なんか、ステキ」

だって。

「とうちゃん、でかした」とか言うから、「やってねえ」つったの。

しぶといなあ、こいつって思うよ。ここまで来ると、かみさんにとってはオレなん

か全然すべてじゃなくて、子供とか財産とか、生活上いろいろある中でのワンパーツであって、へたすると一〇あるうちの一個にすぎないのかもしれない。

でもオレはそれでいいと思っている。

●「女房」という肩書

フライデー事件と、かみさんのたった一回の不倫

かみさんは一回だけオレと別れるって言った。

フライデー事件でオレに愛想つかしたのかもしれないけど、別れると言うまでの、その前後関係がよくわからなかった。テレビを見てたらかみさんが記者会見開いてオレと別れるって言ってる。あ、オレのかみさんだとか思って、そばにいたやつに、

「うちのかみさん、何て言ってるの」

「別れるって」

「えーっ」

よく聞くと関西の落語家というのにひっかかったって。そいつがもうちょっと金持ちそうで、ちゃんとしているやつだったらどうぞって差し上げるんだけど、どうもそ

うじゃない。だからヤバイと思ったわけ。

それでオレはすぐ大阪に飛んでいった。たしか、かみさんは万博会場のほうのマンションにいて、マスコミもうるさかったけど、そこに行ったら、かみさんと大阪のお母さんがいた。かみさんは黙っているんだけど、お母さんが泣いてオレに謝《あやま》るんだ。オレは怒られると思っていたんだよ。普通はそうでしょう。

「あんたのせいでうちの娘がこんなことになった」

って言われると覚悟して行ったら、そうではなくて、

「娘があんなばかなことをして、テレビで離婚するとか言ってしまってすみません。許してやってください」

って泣かれたんだ。

そのころはもう子供もいたから、しょうがない、子供と一緒に飯でも食おうと言って、東京に帰ってこいって説得した。そしたらかみさんはコロッと豹変して、

「あら、とうちゃん」

とか言っちゃってさ。あのばか、「帰っていいの?」だって。おまえ今まで芝居やってたのか、このやろう。「とうちゃん、来ると思った」だって。だめだ、もう。「テ

レビ見て来ると思った」だって。やんなっちゃうよ。それでいそいそと出てきやがって。

でもほんとはつらかったんだ、あの時は。

フライデー事件で大塚《おおつか》署に捕まって、警察からおふくろに電話したら怒ってた。

「このばか」

って。

「おまえは犯罪者になった。女のために殴り込んだなんて、最低だよ。おまえみたいなばか、産んだ覚えはない」

って。それでもう、おふくろも覚悟したらしくて、「これでお笑いなんか全部やめて、ちゃんと働くんだ」って言っててね。それしかないって。それしかないって言って、しかも毎日、近所の神社にお参りに行くらしいんだ。だけど、それを兄貴に言わせるんだよ。兄貴づてに聞いたものだから、オレはおふくろの作戦だろうと思った。

兄貴がオレに電話してきて、

「うちのかあちゃん、毎日神社で拝んでんだぞ、ばかやろう」

って言うから、なんでそんなことを兄貴に言わせるんだって怒った。そうしたら、

「おまえはどこまでへそ曲がりなんだ」

って言う。

「そんなのはおふくろの作戦に決まってるじゃないか。そういうことを兄貴に見せれば、オレに連絡するってのがわかってんだから。それでオレが泣くとでも思ってんのか、このやろう」

おまえはどこまでひねくれ者なんだって。おふくろの愛情がわからないのかって言われたけど。

かみさんがかみさんのままでいる理由

オレが事件起こしたり女のことでもめたりしても、かみさんはずっとかみさんのままでいる。かみさんがなぜ今の状態であり続けたかというと、やっぱり結局はその「女房」っていう肩書によるところが大きいんじゃないか。精神的な強さだと思うよ。女房であるということ自体が強いんだ。他の女はなぜか勝てない。それは法的にも

保障されているし、旦那が死んだら遺産相続だなんだって権利があるわけだけど、基本は女房という肩書が強いものなんじゃないかな。

いろんなおねえちゃんとつきあってみて、顔かたち、見た目で勝負すれば、かみさんはどうしたって連戦連敗だ。かみさんの顔を見ると、若い女でもっといいのがいっぱいいたって思う。それでも、やっぱり女房って余裕があるからね。おろおろしていない。私はこの人のかみさんなんだって顔してるから、その余裕がかみさんを強くする。不細工《ぶさいく》でもなんでも関係ない。たとえ若くてきれいな女の子でも、精神的な余裕がなければ負けてしまうんだ。「私は奥さんでもないし……」って、おろおろしてる。そんな女よりも不細工なかみさんのほうが全然強い。

愛人とかみさんと、その序列を考えてみたりする。序列というか、オレは順番って言うんだけど。

かみさんがテレビで別れると言った時、家に連れ戻したのもそういうことからだったと思う。どう考えたって、オレのおねえちゃんのほうが女としてはいいんだから。若いし、いい子だし。だけど違うんだよな、かみさんとは。かみさんを捨てるわけにもいかない、それが順番だと思っているから。

世間には平気でかみさんを捨てる人がいる。それはそれでいいんだけど、なんだろう、そこらへんがオレは品がいいんだか、その順番だけは守るっていうのがある。最初は恋人から始まって、結婚してかみさんになる。そして子供を産んで今度は母親になる。『楢山節考《ならやまぶしこう》』の時代じゃないんだから、母親を捨てるばかはいないだろう。

かみさんが死んだら新しいのをもらってもいいけど、そうじゃないうちは捨てられない。

愛人にしたって、オレの場合は一番目、二番目、三番目という、つきあいだした順番を守る。仮におねえちゃんがその時三人いたとして、最も優遇するのは一番目のおねえちゃんで、二番目、三番目と待遇がだんだん落ちてくる。それをちゃんと守るんだ。普通は三番目のおねえちゃんが最恵国《さいけいこく》待遇を受けるはずでしょ。新しい愛情があるから。でもオレはそういうことはしない。

〝腐《くさ》れ縁《えん》〟夫婦の時間

このところかみさんのいる家に帰るようになった。だけど帰ってもオレはあんまり話すことがない。だから友だちなんかをいっぱい連れて行く。人が一緒だと、その時はかみさん相手にわあわあしゃべっていられる。で、人が帰ったらとたんに二人無口になる。仮面の夫婦って呼ばれてるぐらいだ。

そうでなければ、あとは一方的に相談を持ちかけられているだけ。そういう状態のことをオレは「壁」って言ってるんだ。壁打ちテニスの壁だって。

かみさんがポンポコポンポコ打ってきて、オレは、ああ、そう、うん、ああ、そうだったのか。それでね、あのね、やんなっちゃう、あたし。そう、はい、じゃオレ引き上げるわ。そんな調子。ひたすら相《あい》づちを打ってる。徹底的に壁打ちだよ。

「あんたさ、この間、電話かかってきてさ、この間さ、お金がさ、銀行が……」

「ああ、そう、やれば」

「だからさ、あのさ」

「じゃあね」
すごいラリーなんだ。逆にオレが打ち返したら大変なことになる。

ここ一、二年で、かみさんとよく会うようになった。食事したりなんかしてる。こんなふうになったのは、なんでなんだろう。オレ年をとったのかなと思う。バイク事故で入院してて、かみさんは看病してくれたわけだけど、退院してもかみさんと会うのはまだちょっとめんどくさかった。それがここ一、二年は、かみさんが「食事に連れてって」なんて言うと、いやな気持ちがしない。

最初は緊張したけどね。ホテルとかレストランとか、かみさんと歩けないもん。人が来たら思わず隠れてしまう。他の女と一緒の時のほうが堂々としているよ。かみさんだとヤバイ。どうしてかみさんといるんだ、とんでもないってことになる。それじゃ普通と逆じゃないかって、よくわかんないんだけど。

この間、夜中にかみさんから電話がかかってきた。なんだか土地のことで有名なお坊さんに観《み》てもらったんだって。ついでに子供のことやオレのことも観てもらったらしい。それで「あんた大変だよ」って言う。

「なんで？」

「有名なお坊さんが、あたしとあんたのこと、すごいこと言うの。腐れ縁で絶対別れませんって」

ふざけるな、なんだその腐れ縁ってのは。

「お宅の旦那さんとは腐れ縁です。絶対別れないようになってますって言われたから」

って喜んでた。

結婚して20年ぐらいたつけど、最近はお互い認め合ってるってところがある。かみさんはオレのこと「あんた、よく働いてきた」って思っているだろうし、オレもかみさんを「よく耐えたな、こいつ」って思うし。

だから戦友みたいな感じだね。このまま行けばいいんだけど。

うちのかみさんぐらい、がまん強いやつはいないんじゃないか。そのぐらいすごいね。だって、離婚が増えたって言うけど、オレんちぐらい簡単に離婚する夫婦もいなかったんじゃないか。ひどいことしてきたもの。オレは、かみさんが「離婚したい」

って言ったら、今だったら「はい申し訳ございません」で、全財産あげるなあ。パンツ一丁さえ残しておいてくれればいいっていうぐらいだ。あらゆるお金をあげてもいい。それぐらい、オレは悪いと思う。悪いことしてる。

結局はチンポの話になってしまうけど、年とって、だんだんチンポが立たなくなってくると、かみさんに悪いことしたな、と今はお詫びの毎日だ。よくこいつ本気で別れるって言わなかったな、と。

無題

君にもらった天使は
今日もぼくの部屋で引っ越しをしている

半端な親の愛なんていらない

無題

最後まで押し通せなかったら
やさしさではない
途中でくじけるなら
悪人になればいい
やさしさは根性です

●百の暴力、百の愛

他人行儀であやしい長男

去年の暮れ、うちのせがれがおろおろしたことがあって、おもしろかった。軍団たちと忘年会をやって、例のごとくその連中と一緒に家に帰ったんだ。

「おい、仲間連れて行くぞ」

って、帰って、

「子供、どうした」

って聞いたら二階に上がって降りてこない。大人の人がいっぱいいるとうちの子はだめなんだ、話下手で。挨拶がうまくできなかった昔のオレみたいだ。軍団の連中が引き上げたらやっと降りてきて、

「ぼくは話せないんです、お父さん」

と、すごい他人行儀なの。へたな役者かばかやろうって。それでいきなり、

「今度、月曜日に食事を一緒にしてくれませんか」

とか言う。

「おまえなー」

「ぼくはお父さんと話していないんで、話したいんですけど」

変なガキなんだよ。どういう頭をしてるんだろうと思う。それで酒でも飲めとか言っても、お酒は飲みませんだって。あやしいやつなんだ。


今、浅草《あさくさ》キッドが教育係をやっている。うちのせがれを連れ出しては、寄席に行ったりしている。それで、この間電話がかかってきて、

「お父さんの本をキッドさんから借りたんだけど、まだあるのかなあ」

って聞いてくるんだ。

「なんだ、オレの書いた本か」

「うん、読んでないのがあるから」

「なんだ、読みたいのか」

「興味があって」

なんてぬかしやがる。なんだ、このやろうと思った。でもとりあえず本を送ってやって、そしたらまた電話かかってきた。

「ちょっと話したいことがあるんだけど」

「何？」

「食事でもしないかなあ、飯おごってくれない」

ということで、おまけに友だちがお父さんに逢いたがってる、三人連れて食事してくれないって言うから、「いいよ」って答えたんだけど。

子供は突き放していると、結局は親になびいてくるようだね。せがれは篤《あつし》っていうんだけど、オレのほうから、「おおい、あっちゃん、どうしたどうした」なんてことは一度も言ったことがない。子供がこっちに来たらちゃんと対応してやる。それだけだ。

小学生のときにめちゃくちゃ殴った理由

子供がずっと小さい時、一回だけめちゃくちゃ殴ったことがある。理由はうちのかみさんを蹴《け》ったから。小学校六年ぐらいだったけど、そうとう怖かったんじゃないかな。だからもうトラウマになっていて、オレが現われると怖いもんだと思ってるんだ。ずっとびくびくしていた。

その当時、オレが家にほとんどいないものだから、おばあちゃんとかみさんが子供を猫かわいがりしていたんだ。ある日オレが久しぶりに家に帰ったら、とんでもないことになっていた。

せがれが「お母さん、お金ちょうだい」って駄々をこねている。かみさんは「さっきあげたじゃない」とか言ってる。

「ちょうだいよう」

「だめ、もうお金ないの」

そしたら子供が、

「くれねえのかよう、このやろう」

と、オレの見ている前でかみさんを蹴ったんだ。そんなのオレは信じられなかった。かみさんはかみさんで「痛い痛い、なにすんの」と言って、軽く受け流している。ああ、こんなにかわいがってたんだ、こいつって思って、かみさんを呼んで「おまえ何やってんだ」って聞いたら、「え、何が」って言うんだ。

「子供がおまえの足、蹴ってんのに、なんでおまえ黙ってんだ」

「だってあんたが帰ってこないから、あたしがあんたのぶんまで子供をかまってやんないと……」

「ばかなこと言ってんな、このやろう」

なんて言ってるうちに子供がもう一回蹴ったから、

「このガキ！」

って、ふとんの中に入れてボッコボコ蹴とばしたんだよ。

「てめえ、母親蹴ったんだぞ。おまえなんか出ていけ」

と言って殴って、

「小遣いなんかびた一文やらねえからな。てめえ、親にそんなことしたら殺すぞ、このやろう」

ってじゃんじゃんやった。顔がわからなくなるぐらい痛めつけた。

それまではオレがずっといなかったから、そんなこと言われたことがない。赤ん坊のときからいないから、父親の厳しさというものを経験していない。だからその時はものすごく怯《おび》えた。それでその後オレが帰ると怯えてしまうようになったんだね。最近やっと話すようになって、ゲラゲラ笑うようになったけれど、それまでは絶対オレに近づいてこなかった。

お父さん怖くてしょうがなかったって、そういうのがあるんだ。だけどかえってグレなくてよかったと思う。オレだってガキのころ、おふくろに殴られて育ったわけだから。おふくろとオレでは子供を殴った理由が違うけど、子供からすればお父さん怖い、おふくろおっかないっていうのは同じだろう。

今の母親たちは子供と勝負していないって感じがする。勝負というのは主導権争いで、それは圧倒的に母親が主導権をとらなければいけないと思う。なのに今は子供にすんなり主導権を譲り渡して、母親は子供のマネージャーをやっているだけだ。そうじゃないだろう、母親は毅然《きぜん》としているべきなんだ。そうすれば子供はグレないよ。グレるひまがないもの。

子供を殴ってはいけませんとか、当たり前のように言うけど、子供って物心つくまでは犬と同じだからね。とにかくむちゃくちゃしつけるほうが早い。言葉で説明してわからせましょうといったって、そんな理解力あるわけないじゃないか。社会状況がわかってないのに、いくら説明したってしょうがない。

「なぜこういうことしちゃいけないの」って子供に聞かれたら、「これはこうでこうなってるから」なんてくどくど説明するより、パチッてひっぱたいて、痛いから、っていうほうが断然早い。そんな理屈は大きくなって、あとでわかるわけだから。

子供の人権、親の教育権

子供の教育が難しいという。だけど、親は教育なんて何もしていないと思う。子供にも人権がある、個人を尊重しましょうなんて言ってる。それが教育なのか。子供の人権を尊重しようと言うのなら、いい子になる権利もあるし、悪いやつになる権利もあるはずだ。全部の権利を認めてあげなければいけないんじゃないか。

一方で親として子供を教育する権利だってあるわけだよ。そうしてすべての権利を認めて、双方で対等に渡り合うのならけっこうなことだけれども、実際はそんなことあるはずもなくて、権利、権利と言いながら一部の権利しか認めていない。どこかでほっかむりしているんだ。

いくら厳しくやる家庭でも、ワルは出てくる。その確率はいつの時代も同じなんだ。そのぶん親は、最低限やることはやってあげないといけない。その責任はあると思う。

それで今は、悪くならなくていいやつまで悪い状態にさせてしまったんだね。だから今の悪いガキっていうのは、ほんとは悪くなくて、ばかガキなんだよ。くそまじめなやつでワルだっていうのは、いきなりナイフで刺してしまう。親を殴ったりする。そんなのはワルじゃないよ。頭がイッてるというんだよ。

本当のワルは、悪いなりに限度を知っている。ナイフを持っていても見せて終わりだ。だから学校だって、持ち物検査を徹底的にやっていいんだよ。ワルは、その隙間《すきま》をかいくぐって学校の中にナイフを持ち込もうとする。持ち込んだ時点で解決なんだよ。ナイフ持ってきたぞって言ったら、悪いやつだなこいつ。それで終わる。

だけど持ち込みも何もフリーにしておいたら、それ以上の悪いことは刺すことでしかない。で、ばかなワルは限度を知らないから、いきなり刺してしまう。だからどの程度でワルなのかということを知らしめなければいけないし、そのためには強烈に押さえつけてやるしかない。そうすれば子供は押さえつけられた中でいろんなことを考えるようになる。想像力を使い始める。

「キレる」とは思考停止のこと

子供がキレるとか、マジギレとかよく聞く。一般的には暴力をふるうようなことをキレた状態って言ってるけど、それは形で見ているからであって、ほんとは頭脳の問題だと思う。テレビで「キレちゃったから殴った」なんて言ってるのを見ているから、キレることは暴力で訴《うった》えることだと錯覚しているんじゃないか。

オレはキレるっていうのは単に思考をやめるっていうことだと思う。考えることをやめただけだ。「もうキレちゃってさ」っていうセリフは、「そんなことどうでもいいや、もう考えたくない」と同義だよ。

今の子供は考える能力が全然ないじゃないか。

子供なんて、ある程度のプレッシャーをかけないと、ものごとの対応能力が身につかない。だけど甘やかしていつもフリーで、じっとがまんしている時間がないから、そんな対応能力なんてもとからあるはずがない。飯食う時だって、

「おかずがいやだったら、いやだって言っていいのよ」

なんて言ってしまう。そうすると子供は、

「ぼく、これきらいだから食べない」

ってつけあがる。親も親で、

「あっそう。じゃ、もっといいもの出そう」

そんな教育を受けてきたやつが、社会に出たらどうなる。複雑な対人関係の中でさまざまな問題に直面した時に、「ぼく、きらいだから食べない」ではすまなくなるんだよ。社会に出るまではそれですんだのが、今度は「なぜ食べないのかはっきり言いなさい」ということが求められるわけで、だけどそれに対する思考能力がないから、すぐ「キレた」って言うんだ。

それだけのことで、単なる思考能力の欠如だよ。考えるのをやめることをキレたっていうだけだよ。

「いいパパ」なんて幻想だ

だからやっぱり、子供はある程度耐えさせないと。オレのおふくろは、「こんなおかずはいやだから食わねえ」と言うと、「じゃ、食わなきゃいいよ」って、ぱっと取り上げた。だから腹がへってしょうがないんだ。あくる日からは黙って食ったもん。黙って食いながら、なんでオレは食ってるのかってしばらく考えてね。そうだ腹へってるからだ、これは食わなきゃしょうがねえぞってわかる。それでもう解決するんだ。

どうしてうちのおふくろみたいな母親がいなくなってしまったのか。ひとつにはまじめな父親が多いからだと思うよ。母親って、親父のことはさておいて、とにかく自分の産んだ子供を死ぬ気で守ろうとするでしょう。そういう状況が、少なくともオレんちにはずっとあった。あたしが働かなかったら子供たち全部飢え死にすることになるからって、必死だったんだよ。そんな母親の必死さが、まじめな父親の出現にしたがって薄められてしまったんじゃないか。

まじめな父親が増えたのは、戦後民主主義の幻想に踊らされたからだと思う。すてきなパパがいてママがいて、明るく楽しい家庭ですって、アメリカのマヌケなホームドラマを見て、その真似をやりだしたのが唯一の間違いだった。

そんな家庭はあるわけないんだ。とくに今の時代は会社が危なくなったり、まともに給料も入れられなくなるようなことがあるのに、中産階級の収入があって、ファミリーで旅行に行ったりなんて、そんなの幻想だよ。そして父親自体も、家庭中心のまじめな父親だったはずが、実はいいパパをやるふりをしていただけの演技だったっていうことが、次第にバレてきたんじゃないか。

いいパパをやってるやつに限って、浮気したのがバレたりすると、ひどくもめてしまう。「家なんかどうだっていいんだ、ばかやろう」って言ってるやつなら、たとえ浮気してもそんなにもめない。「お父さん、またやった」ってぐらいでね。うちの親父が博打《ばくち》で捕まったって何したって、子供は全然こたえなかった。「あー、父ちゃん捕まったんだってー」って、そんなものだった。それはそれで問題もあるんだろうけど、子供にとっては、いい父親だと思っていたやつが裏でとんでもないことをしてたとしたら、それはショックだと思うよ。虚像と実像のギャップを知ってしまうわけだから。

子供は親を見ている

子供も親を見ている。それも変なところばっかり見てるんだよ。

母親が朝、お弁当つくってる姿ならいいけれど、そういうことも給食の普及やなんかでなくなってきているようだし、そうすると子供が目にするのは、たとえばカルチャースクールとか、なんとか教室の寄り合いに派手な格好して出かけて行って、夜遅く家に帰って来たら、「今日飲んじゃってさ」なんてベロベロになっている母親だ。そんな姿を見たら、子供はお母さんはお母さんで暮らしてるって思ってしまう。だけど、うちのおふくろみたいに人生を全部子供に賭《か》けたって感じがわかれば、それはちょっと申し訳ないなと思う。

今は申し訳なくないんだね。親は親、子供は子供。お互いに同じ空間の中に個性的に生きていて、どっちにも迷惑をかけていない。ただ子供は子供なりに図々《ずうずう》しいから、自分がいないとこの人困るなとかすぐ感づいてしまう。母親が子供をかわいがるものだから、この母親は、自分に何かあると困るタイプだと察知する。それで子供と親の上下関係ができあがってしまう。

仏心で野良犬を飼ったら野良犬のほうが飼い主より偉くなっちゃった。そんなのに近い。犬をちゃんと教育するには、ごはんは最後までおあずけって言う。そうやってしつければ犬は静かにしてるけども、膝の上に乗っけてかわいがって、そのまま放っておくと、だんだん噛みつくようになってくる。犬がいちばん偉くなってしまう。それと同じように、子供に対しては序列をはっきりつけてやらないとだめだと思う。今は、子供がいちばん偉い。そこから引きずりおろさなければいけない。

振り子の愛情論

これは映画論になるんだけど、外国に行くと、「あなたの映画は暴力シーンが多い、どう思います」ってよく聞かれる。オレは振り子のようなものだといつも言うんだ。

なぜそいつを殴れるのかっていえば、その暴力に対応しただけの愛情があると思うわけ。

ここに振り子があるとする。静止した状態の、錘《おもり》が垂直に下りている真ん中がゼロ点で、振幅の片側が暴力、反対側が愛だとしたら、激しい愛という点から錘を放せばその振り子は激しい暴力に変わる可能性がある。一〇〇の暴力は一〇〇の愛に変わることがある。物理で言うポテンシャルエネルギーだけど、一〇しか愛してないやつはどうしたって一〇〇の暴力はふるえないことになる。だから、激しい暴力は激しい愛に変わる可能性があるけど、中途半端な暴力は中途半端な愛でしかない。

子供をそんなに叩《たた》いてはいけない、ほどほどに優しく叩く程度にして、あとは口で言えばわかるなんて言う。だけど、ほどほどの暴力はほどほどの愛にしかならない。振り子はごくわずかの振幅の中で動いているだけで、それでは子供はなんにも感動しないよ。

親が死ぬ気で子供を叩けば、子供もちゃんと愛を感じる。だめなんだ、みんなわずかな振幅に閉じこめて、せいぜいプラスマイナス五ぐらいの範囲でしか運動させていないから。一〇〇のエネルギーをもってガンガンやらなければだめだ。もっと激しく、鬼のような顔して叩かなければだめだと思う。

お母さんなぜ叩くの、おまえが勉強しないからだ、おまえ将来どうするんだ……激しくやれば、子供は親の思いを感じる。その時は鬼だと思っても、何年かたったら、おふくろは怖かったな、なんであんなに怖かったのかな、そうだオレのためなんだよな。必ずわかるようになるから。

今の親たちがそうできないのは、やっぱり破滅する怖さがあるからじゃないか。一〇〇のエネルギーに自分自身が耐えられない。エネルギーを増大させればさせるほど自分がだめになってしまう。つまり自分に自信がないんだと思う。昔の親は自信がある、ないじゃなくて、とにかく必死だったからやってしまったんだけど、今の親は生活でもなんでもある程度の余裕があるから、必死になる必要もない。ということは自分を追いつめられない。だから、このへんでいい、お茶をにごしてしまうんだ。

●オレと子供の距離

「いいパパ」じゃないからつきあえる

うちの子供が生まれたころ、オレは漫才ですっかり売れて忙しかった。それに、すごくもてていたし、ろくに家に帰らないから子供なんか見向きもしなかった。ああ、いるかっていうぐらいのものだった。

子供がいちばんかわいい時代に子供と一緒にいないから愛情がない。

立ち上がったり、よろよろ歩きだしたり、パパってしゃべりだしたときのかわいさってあるでしょう。人の子供を見て、「ああ、これはかわいいんだろうな」って思うもの。だけどそれがオレにはない。小さいころのかわいらしさに対する過度な愛情がないから、タイミングじゃないけど、うちの子供に対しては、身内は身内だけれども兄弟のようにしか見ていない。一般の人みたいに、わが子っていう感じじゃないんだ。子供がいるというだけ。たしかにオレの子供には間違いないけど、人よりは全然愛情はないと思う。没入しないからすごい客観的に見ている。子供に対する期待なんて、いっさいない。

今はわざと親ばかにしているところがある。たとえば娘の井子《しょうこ》だけど、井子ちゃんは、当時オレがそばにいなかったことを今取り返そうとしてるから、やたらに電話がかかってくる。わがままを言えるのはオレしかいないから。

井子ちゃんが行く美容院の人って、オレがやってもらっている人と同じなんだ。そうするとその人に無茶なことを言うんだよ。

「今度お父さんに時計買ってもらうんだー」

とか、それがオレに伝わるわけ。わけのわかんないカタログ出して、「これ」とか言ってるんだ。それもめちゃくちゃ高いやつだったりする。そういうことを言うのが楽しいんだろうと思うけど。

「うちのお父さん、私には言うこと聞いちゃうから」

なんて感じで言ってるだけで楽しいんだろう。それがわかっているから、対応してやることはあるけど。

せがれはせがれでギターとコンピュータに夢中になっている。

今、高校三年で、入試の時期だ。かみさんが言うには、家庭教師がついているんだけど、へたすると東大に入れるぐらいの成績だって。だけど本人はコンピュータと音楽の専門学校に進みたいと言っていた。楽譜を打ち込んだりなんかするのが好きらしいんだ。だからオレは言ってやったの。

「おまえ、悔しかったら一回東大に入ってみろ、合格だけしたらいい」

って。一回入学して、それでやめてやりたいことをやればいい、そのはうがかっこいいよ、音楽の専門学校ならいつでも入れるんだからと言ったんだ。そしたら、

「やるだけやってみます」

なんて神妙にしてた。それにオレはこうも言ったの。

「ギターやってコンピュータやって、おまえ、こんな好き勝手なことやれるのは、オレのおかげだと思えよ。普通だったらおまえ、こんなことやってらんないよ」

と言ってある。せがれも、「うん、わかってる」とは言っていたけど。

娘は一五才で芸能界に入った。だけどオレはまるで心配していない。あいつがどうなろうがオレには関係ない、こたえないという自信がある。たまに会うから、娘にも言っている。

「おまえがどうなっても、オレ、全然関係ないよ。おまえの人生だからね」

って。またあいつも図々しいから、

「大丈夫、年寄りの死にかけた人と一緒になって、遺産で食べていくから」

なんてわけのわかんないこと言ってる。オレがマザコンなら娘はファザコンだから、若い男の子なんか全然興味がない。年寄りが好きで、「お父さんぐらいの年の人がいい」とか、ばかなこと言ってるんだ。

北野井子としてデビューしたわけだけど、オレは娘の事務所の社長にも言ってある。

「普通のタレントとして扱ってくださいね。オレの娘だからって、全然関係ないですからね。オレも何も口出さないし、社長が、もうあんたの娘はいらないってなれば、それでいいですから」

って、娘のいる前で言ったら、本人も相当こたえたみたいだった。あ、ヤバイと思ったんじゃないかな。

だけどまあ、娘はすごい天邪鬼《あまのじゃく》で、ちょっと思うようにならないと、もう歌やめるとか言いだす。自分が天下だと思ってるから、世間が言うことをきかないとイライラして、「どうしてあたしは売れないんだ」とか、「あたしは最高なのに」って文句たれる。

「あたしぐらい売れてもいいんだ、こうなったら怒った、自分で作曲する」

だって。おまえばかじゃねえかって、しょうがないやつだけど、女だからまあいいやとオレは思ってる。かみさんも芸人だし、娘にはいつも怒ってるね。「あんたの思ったとおりに世の中が動くわけないじゃない、売れるようになるのは運とかいろいろあるんだから」ってうるさいんだ。

娘のことで言えば、よく聞かれるんだけど、いつか井子ちゃんがお嫁に行くときに、花嫁の父としてメッセージはどういうものですかって。だけど、オレは何も期待しない。好きなようにやっていいよ、それだけだね。

娘のお受験騒動

子供が大きくなってくると、どうしても家庭内では子供の話が中心になってしまう。

「あんたどうしよう、どこどこのなんとかちゃんがこうなってさ、だからうちの子にはこうさせよう」って、オレは「放っておけばいいじゃない」、そんなのですむんだけど、かみさんは女親だからそうはいかない。

「中学はどこへ入れようか」

「公立のマヌケな学校でいいよ」

「そんなとこ入れてグレたらどうすんの」

「グレたってかまわないじゃないか」

って言って終わらせた。へたに「そうだな」なんて相《あい》づち打った日には、なんとかさんがコネ持ってるよ、あそこは入学金が高くてお受験だなんだ、ってばかばかしい。うっとうしくてしょうがない。

それでうちは結局二人とも公立に行ったんだけど、実は娘については小学校の時に私立に入れようとしたことがあるんだ。麻布《あざぶ》のほうの女子校で、オレがノライデーに殴り込んだあとのことだ。

そこでは親子面接があった。それで見張りがいっぱいいるんだ。全員広い部屋に入れられて面接の順番を待つんだけど、そこで親子がどうやってすごしているか、立居《たちい》振舞《ふるまい》を変な先生がチェックしてる。うちなんか、オレは前科者だし、その時点でもう終わりだ。おまけに、うちの子供が隣りのやつの本をひったくっちゃって、その子が泣き出したら殴っちゃった。もうそこで×点《バッテン》がついたはずだ。

面接の待ち時間も長かった。うちは順番があとのほうで、係の人がいたから尋ねたんだ。

「すみません、面接で来てるんですけど、あとどのぐらいかかるんですか」

「あと一時間ちょっとかかりますから、そこで待っていてください」

めんどくさい、タバコは吸っちゃいけないしな、外へ出て吸おうと思って校庭でタバコ吸ってた。そしたら子供とかみさんが来ちゃって、

「あんた何よ、そんなところでタバコ吸って」

「いいよ、ばかやろう」

って言ってたら、そばにブランコがあるんだ。子供が乗ってオレが押してたら、『立入禁止』って書いてある。思いっきりタバコ吸って、子供と遊んでしまった。それで校舎のほうをパッと見たら窓際で先生が手を振ってる。「もう落ちた」と思ったら案の定、落ちた。面接の時も「北野さんの芸能の世界は何かとあれでしょう」なんて遠回しに言うんだ。「ああ、そう。もう帰ろう」って帰ってきた。だめだった。

いちおうは父親らしくって、かみさんにスーツ買わされて。そんなもの持ってなかったからね。ダークスーツかなんか着ちゃって、くわえタバコで立ってたら、オレなんかどう見たってヤクザなんだよ。落ちるのも当たり前だって。

あとはどこかの学校へ行ったら、寄付金がどうのこうのって言い出しやがった。なんか寄付金だとか校舎のなんとか代とか名目つけて、それが何千万円といるんだって。ばかやろう、受験しに来たのになんで寄付の話なんだよ。目が点になっちゃって、やっぱり帰ろうと言った。案の定、全然受からない。

●子供は他人である

いざというときだけの出番でいい

オレは子供には、たとえば大学に行くまでの金とか最低限の小遣いは出してあげるけど、けっして過度にはやらない。あとは子供に何かあったらオレが出ていけばいいと思っている。その代わり子供が悪いことをした、法的に問題あることをしでかしたりしたら、絶対に許さないけど。

基本的には、子供は自分のものじゃないと思っているんだ。だけど、普通の親は自分のものだと思ってるわけでしょう。自分のものだから人に誉められるようなことでもあれば自分も嬉しいし、そうすると自分というものを子供に託してしまうことになる。子供が誉められることはすなわち自分の喜びというふうになってくると、すべてを子供に託すことになるじゃないか。託してどうするっていうんだ。

子供は自分のものだって考えるんだったらそれはそれでいいけど、でももうちょっと品よくしようって思わないのかね。下品なことをわざわざさせてるだろう。子供が目の前で下品な行動をしていても、親は自分が同じことをやったらどうなんだってことを考えないんだ。

子供に厳しい親もたしかにいる。親としては間違いないんだろうけど、その厳しさって、どんな子供になってほしいかを考えてやっていないんじゃないかと思う。そういうことに気づいていない。だから基本的には子供と自分っていうより、まずスタートは自分自身を誰が見るかということが肝心なんだ。

自分自身に客観的になれないやつは子供にも客観的になれない。全部を自分に抱え込んでしまって、視点がじゃんじゃん内側に入っていく。だから子供と親の区別がつかなくなって、子供は自分のものという思考になる。

本当は、多重人格じゃないけど、自分自身も自分の持ち物ではないっていうぐらいの精神状態にならないと世の中はだめなんじゃないか。労働行為ひとつを考えても、自分自身の管理を自分がきちんとやれなければ社会生活は送れないわけだから。

客観的に見た自分と、自分自身とがあって、両者がくっつく瞬間がセックス行為であったり、芸術行為であったりすると思うんだ。主体と客体が同一になってしまう、テンションが上がる。その瞬間が、たとえば暴力であったりするわけで、またそうでないとつまらないだろうっていう気がする。だから熱狂するということの面白さは、一瞬、観察している自分とやっている自分が一致するという点にある。それがよくてみんな夢中になるんだと思うんだけど。

子供に対しても、親と子供の関係以前に、ものすごく客観的にひとつの個体、生き物として子供を見るということが基本であって、例外的にパニックになった、子供がとんでもないことになったという時になって親としてどうするかが改めて提示される。そういうこと以外に関しては、たとえば進路の問題とか子供の出世の問題とか、通常現われることにはあくまで客観的であるべきだ。

でも客観的にはなれない、それはいやだということになっている。子供は親の所有物で、親の楽しみは子供に夢中になることなんだから。

テレフォンショッピングみたいな愛情表現

昔の親も子供に対しては夢中になって育ててしまった。そして、あまりにも子供に近づきすぎた。近づきすぎたのはいいんだけど、近づきすぎたってことを証明する道具がなかったんだ。それは経済的な理由で、今の親は、おまえが大好きだ、だからこれ買ってやったというように証拠品をぼんぼん提示するじゃない。だけど昔は、おまえ大好きだよと言って、子供が、だったらなんか買ってくれと言っても、金はない。だから金品以外のことで愛情表現をした。それはけっして辻褄《つじつま》合わせではないんだ。

今は子供に対する愛情表現のツールがストレートに用意されている。テレフォンショッピングみたいに、こういう時にはこれがありますって、あらゆる道具がそろっている。そうすると子供と親の関係は心の通わないものにしかならない。テレフォンショッピングの商品って、とても心が通っているとは思えないもの。必死になって心が通うような売り方をするけどね、あらすごいとか、どうなってんのこれとかいって、一生懸命。無味乾燥な品物に、みんなの感情をバンバン移入させて売ろうとするだろう。

だからそういうことと同じで、子供に物を与えても、ほとんど心は通わない。物に心を入れたように作業することで親子の関係をつくっているだけだ。それが何の力も持たないということはすでにバレてきている。

男親V.S.子供

男親なら子供と勝負して勝つ。それぐらいの意識を持たないとだめだと思う。子供は敵対する存在、そこまでいかなくても、自分がつくりだした友だちくらいの感覚でいたほうがいい。へたすれば本当に敵に変わる可能性が実はあって、そんなことは戦国時代には日常茶飯事だった。子供に殺されたり、子供を殺したりしていたわけだからね。もっとも今は戦国時代ではないし、争う場ではないから単純に置き換えることはできないかもしれないけど、勝負する意識は持っていないとだめなんじゃないか。それではっきり勝負あった、お父さんには勝てないとなった時に初めて子供の面倒を見ることができるんじゃないか。

オレは親子の関係が五分と五分なんて全然、認めていない。圧倒的に親父が上でなければいけない。子供が親父にはかなわない、すいませんって言ってきた時には、それなりに愛情をかけてやろう、どうにかしてやろうって思ってもいいけれども、上下関係や位置関係があやふやなうちには手を差し伸べる必要はない。社会常識程度に、食わせることとか学校に行かせるとか、教材を買い与えるとか、小遣いやるとか、最低限のことでよくて、それ以上のことは全然必要ないんだ。

愛情もらい物文化

20世紀が終わりに近づいたせいか、亭主はいらないけど子供は欲しいという女が増えてきた。アメリカの女優なんかそうだけど、養子をもらったり、中には精子バンクでいい精子を買って、体外受精するなんて女の人もいる。

ひとつには亭主との関係と同じ関係を子供との間につくろうとしたんじゃないかな。どうせ亭主はいずれいなくなったり、先のことはわからないわけだから。そして最近はまた違った形で、ちょっと自立した感じの女の人は、母親と子供の関係じゃなくて、父親と子供の関係をつくろうとしているんじゃないか。自分の二世をつくりあげたいっていうか、昔の教育者の親父みたいな感覚が出てきたのかもしれないとオレは思ってるんだけど。

あるいは、母とか父ではない関係で自分の子供をつくって、ただ一緒にいたいっていう願望があるのかもしれない。いずれにしても昔の母親の感覚ではないよね。昔の母親と同じだったら、なんとなく苦労しそうって感じるだろうし、だからもうそういう母親は絶滅してしまったんだ。

子供を欲しがるということは、ひょっとすると子供に依存したがっているのかもしれない。ペットを飼うのによく似ている。

よく、いんちきホステスが、「猫にご飯やらなきゃならないから帰る」とか言う。客が、

「お店が終わったら飲みに行こうよ」

って誘っても、猫が待ってるし明日朝早いからって。てめえ猫じゃなくて男がいるな、そんなの誘いを断わる口実だろうって。そんなことはどうでもいいか。

だけど、意外に熱帯魚のために朝4時に起きているばかやろうもいる。それでそのまま学校や会社に行って、寝不足で机につっぷしてる。いったい仕事と熱帯魚とどっちが大事なんだと思うけど、とにかく自分自身のことよりも、自分以外のものに賭けていることには間違いない。

オレは「もらい物文化」って言うんだけど、今、いちばん腹が立つのは、自分では何もせずに、変なロックコンサートやサッカーの試合を見に行って、バンドの連中やサッカー選手に向かって「夢をありがとう」って言ってるやつらだ。そんなやつがうじゃうじゃいる。

なんで夢をもらうんだ、他人から。

「私の青春でした」「青春をありがとう」とか、「涙をありがとう」。

夢も青春も涙も全部もらい物だ。自分の涙を流そうとすることもないし、自分に感謝をすることも何もなくて、他人の好意にたかってなんかいただくってやつばっかりじゃないか。そうすると、ペットでも子供でも、たかり文化で、こいつら子供に、

「愛情をありがとう」

って言ってるんじゃないかって思う。自分自身の中で、他のものの援助を受けずに

感動することができなくなっているんじゃないか。だから必ず「ありがとう」って言葉が流行《はや》ってしまう。おかしな時代だなあと思う。

家族愛は尊重、ナショナリズムは否定なんて

人間は、家族愛というものを異常に尊重するのに、ナショナリズムは否定する。オレはそれが不思議でしょうがない。

まずおかしなことを言ってるなと思うのは、「仮に地球自体が危機に瀕《ひん》したら人類が一致団結しなければいけない」、「人類愛が大切だ」みたいなこと言ってるやつがいる。人類愛が大切だ、でもナショナリズムはよくないなんて言う。

でも考えてみると、たとえば自分の子供が死んだり親が死んだりしたら人は泣くけれども、他人の子供や親なら死んでも泣かないし、どうということはない。自分の身内に近ければ近いほど、死んだ時の悲しみは深まる。自分の子供が死んだのに平気な顔をしていたら、人でなしだと思われる。でも社会的にはみんな人類は共通していて、人類愛だと声高《こわだか》に言う。

そしてもうひとつ、家族愛が大切だって絶対に言うんだ。

家族愛を尊重するなら、身内から始まって、仲間になって、地域社会になって、国になって、そうしたらナショナリズムに行き着くはずだ。でも絶対に家族愛だって言うんだ。家族愛をそんなに強く出したら、それが中心になって大切なものの順位がついて、家族から友だちに広がって国になる。結局、日本という国のあとはアジアになるけど、でもナショナリズムはだめだ、世界平和だなんてお題目を唱えている。

家族愛です、人類愛です、でもナショナリズムはいけませんていうのは、どうもよくわからない。

無題

スキップをふんでみた
でも何かちがってた
足の指の間に入り込んだ小石と砂、カカトの痛さ
ぼくは汚染されていた

びりびりする恋愛
死ぬまで背負っていく純愛

無題

ぼくの愛はおせっかいでしょう
想いはめいわくでしょう
そして君はぼくの命もいらないでしょう

●ブス好みと呼ばれて

思い出の「ウキ女」

「たけしのブス好み」は、もはや有名な話らしい。なぜそう言われるのか、本当にそうなのかちょっと振り返ってみたい。

いちばん印象に残っているブスは、漫才ブームのころ岡山で出会った女かな。仕事で岡山に行って、夜、島田洋七《しまだようしち》と酒飲みに行った。飲みに行ったのはいいけど、男二人ではどうにも色気がない。

「全然おねえちゃんがいねえなあ」

とかなんとか言いながら、じゃんじゃん飲んでいた。それでゲームセンターに行って、ようやく最後に女をひとり引っかけた。それがもう、ベロベロに酔っていてもブスだと思える、確実なブスなんだ。あの洋七が思わず後ずさりするぐらいのブスだった。

「ああ、たけちゃんと洋七ちゃんだ」

とか、わあわあ言ってて、なぜかオレがホテルに連れて帰ってしまったんだ。オレもベロベロだからそのまま寝たんだけど、あくる日、朝起きたら、本当に怪物みたいなのが横にいる。それでもうマネージャーが迎えにくる時間なんで、があがあ寝てるのをたたき起こして、「頼む」って言って、部屋の外へ送り出した。隣りが洋七の部屋なんだ。

「洋七がおまえを呼んでるから、とにかく洋七の部屋へ行け、早く早く」

そしたら、すぐ戻ってきてしまった。「どうした」って言ったら、

「洋七さんの部屋をトントンって開けた瞬間に、洋七さんがあたしの顔見て、スリッパ投げつけるの」

だって。

「たけしさん、部屋に入れて」

って、ばかやろう。すごかった。

思い出のブスは他にもいる。

ウキ女というのもいた。なんの話だかわからないから説明すると、頭が人の何倍もあるほどでかくて、なのに体はものすごく細いの。形状自体が、すでにウキだ。それでタイトスカートを穿いてるんだけど、それが仕掛けのゴム管に見えるんだ。ミチイト背負ってんじゃないかって。それでオレより先に布団に入っちゃって、

「いやっ、恥ずかしい」

って潜《もぐ》るんだ。おまえはウキかって。魚が食いついてウキが水中に潜ったみたいだ。

だからウキ女という。おねえちゃん引っかけても、オレはそんな目にばっかりあっていた。

ブスの魅力

ブスにはブスの魅力がある。ブスの魅力は、男のむちゃがきくことだ。

気にしなくていい。おねえちゃんを、普通の女として扱わなくてすむ。欲望のまん

まに動ける。「やらせろ」って平気で言える。

ブス、ブスって失礼だけど、ブスのおねえちゃんとつきあってわかるのは、たぶん前の男にもオレたちと同じようにむちゃをさせられたということ。だからセックスでもよく知っているんだ。

「どこで誰に教わったんだ、こんなこと」

って驚く時がある。そうすると、だからブスのおねえちゃんのほうが全然いいな、かわいくていいなと思う。それでオレはブス好みって言われるんだろうと思うけど。

ブスの女の子って、おそらく若い時から、なんとか他人に勝とうって努力しているはずだよ。たとえば同性の友だちを見ても、

「あの子はきれいだ、男の子に人気がある」

とすぐわかる。ああ、あたしは負けてる、負けた負けたって自覚して打ちひしがれる。ではそういう女の子がどうやって生きていこうとするかというと、やっぱり精神的によくなろうとしたり、男に対しては心地よい存在でいようとして、じゃんじゃん作戦を練《ね》るわけだ。だから生物の生存競争と同じで、ブスの子は絶対に性格いいはずだよ。それがはっきり開き直って、ブスでいいんだ、あたしはこうしてやるとなる

と、もうだめだ。砒素《ひそ》カレー事件の林眞須美《はやしますみ》被告なんてそうかもしれない。これは強烈だ、開き直ったブスの怖さっていうのは。

ブスの友だちは美人が多いってよく聞くけど、あれはコバンザメみたいなものなんじゃないかと思う。美人に群がる男たちの中から余りものを見つけだす。オレみたいに、二番手の女でいいやってやつを拾うんじゃないのかな。いい女とブスが二人で歩いていて、たとえば男が三人寄ってきた時に、三人のうちひとりは当然いい女のところに行くけど、二人残る。だからどっちかを狙えと思ってるんじゃないかな。

そんなふうに二番手狙いのオレだけど、最近は口説《くど》いても、

「私そんなブスじゃない」

って逃げられてしまう。誰かがテレビで有名にしちゃったんだ。だから銀座《ぎんざ》のクラブに行って、おねえちゃん飲みに行こうって言うと、私そんなにブスじゃないって。オレが口説くやつはブスだということになっている。だから弱っちゃうんだ。

●口説《くど》きかた、別れかた

かみさん効果

かみさんがいたほうが遊びやすい。遊びだしたのは売れてからだし、もうかみさんも子供もいたわけで、オレが独身だったらへたすると結婚しようって言われてしまう。おねえちゃんとつきあっても、端《はな》からかみさんがいるって言ってあるわけだから、それから奪い取って一緒になろうって言うやつは相当の根性だろう。かみさんと子供がいるのはわかってて、そこまでやるやつはめったにいない。だから遊びやすいと思っている。

ブス好みだからというわけじゃないけど、実はおねえちゃんの性格なんかどうでもいいと思ってる。むしろ肌が合うことのほうが重要だ。そういう女の人はたしかにいる。そしてそれはずっとあとを引く。

いくらいい女でも、肌が合わないのはいやだ。おまけに根性まで悪かったりすると。根性とか態度の悪いやつは、つきあいだすとすぐ表面に出てくる。そうするとやだからさ。たとえば、ややなやつだけど、どうにかうまく丸め込んでやっちゃったら気持ちよかった、それだったらオレもけっこう耐えるけど、気持ちよくない、根性悪いじゃ、もうやりたくもない。だから女の姿形、スタイルなんてあんまり気にしない。

女の過去は知らないほうがいい

女の過去は、なるたけ聞かないようにしている。

だって素性がわかるとつまんなくなってくるじゃないか。何個か昔の話を聞かされただけで、その子の感じがわかってしまう。

「最初につきあった男の人はこういう人で」

「ふうん、そう」

「それであしてこうなって別れて」

なんて話を聞いてたら、そんなことだから男と別れるんだとすぐわかる。そりゃあ無理もないな、男だって別れたくなるよなと思ったら、自分もそいつと別れようと思っちゃうもの。

初めは何もわからない状態のほうがいい。つきあっていればいずれわかることだから。だからオレは「おねえちゃん」としか呼ばない。

「たけしさん、あたしの名前知ってる?」

「知らねえよ」

って。

どんな時でも「おねえちゃん」としか言わない。実際に名前を覚えてないやつもいるぐらいだ。

好きになった女には好かれない

いい女だな、このおねえちゃんとやりたいなと思う時はいっぱいある。それ、一般的に言うひと目惚れと違うのかな。オレにとってはひと目惚れだと思うんだけど。ただそれからがいろいろめんどくさい。やりたいなと思うけど、いきなり、おねえちゃん、そういうことしようとは言えないから、つまんないお茶飲んだり飯食ったりなんかして、いちおうがまんするわけだ。そういうの、どうにかなんないかと思うときがある。

漫才ブームで忙しい時にこんなことがあった。ちょっと好きなおねえちゃんがいて、

「おねえちゃん、オレ好きなんだ」

って言って、

「好きなんだけども、普通は食事に誘ったりお茶飲んだり映画見たりするよね。それで一ヵ月ぐらいたったらやらせてくれちゃうんだろう」

「うん」

「だからその一ヵ月分、前金で払うからやらせてくれないか。たぶんオレ二〇〇万ぐらいだと思うんだよな。それで今日やらせてくれないか」

って言ったら、

「バカ」って言われた。だけどバカって言って、

「やんなっちゃう、たけしさん」

とか、まんざらでもない様子なんだ。
「お酒でも飲みましょ」
って言ったから、すぐやらせてくれるかと思ったら、金だけしっかり持って帰っていきやがって結局損したじゃないか、このやろう。

もちろんふられたこともある。ふられたっていうと正確ではないかもしれないけど、なんか変なんだ。いずれにしても思いはかなわないんだけど。

女の子が二人いて、こっちも男二人。オレは左側の女の子が好きなんだけど、その子はオレが好きじゃなくて、右の女の子のほうがオレを好きだと言う。うまくいかない。両方とも悪い子じゃないからどっちでもいいんだけど、なぜか左の女の子が好きだとなると左の女の子は違うやつを好きで、その隣りにいるやつがオレのことを好きだとか。そういうことはよくあった。

あとはまあクセがあって、前に書いたとおり女の子が三人いたら、二番手しか狙わないというクセがオレにはある。いちばんいい女はなぜか狙わない。でも三番手のブスもいやだ。するとまん中、これぐらいで手を打とう。そういう根性がよくないんだろうなとは思う。これぐらいで手を打とうと思っていたら、三番手のブスが、こっちの男の中でいちばんいいやつを狙ったりする。あれは生物学的に優性な男子を劣性の女子が捕まえるというのか、よくできているんだ。いちばんもてる女が意外にオレのところに来ちゃう時があるもの。

お互いに男三人、女三人でいて、ぱっと会った瞬間に何気なく相手を選ぶでしょう。すると男同士でも勝った負けたが暗黙のうちにあって、こいつはもてるからあのいい女なんだろうな、そうすると残りは二人か。あのブスは、だけどもう諦《あきら》めてるな。よし、まん中だと。まん中の女は女で、オレじゃないほうもいいけど、しょうがない妥協しようか、ってオレと同じように考えてたりして。そうして妥協コンビが成立する。

でも妥協コンビが成立すると、すぐ別れる。お互いに二者択一、両方ともいいけどこれぐらいがいいコンビだろうなんて消去法で選んでるから、すぐ不満が出てくるんだ。中ぐらい同士がくっついたら、まずだめだ。

口説きの原点はお笑いにあり

オレの場合、女の口説き方もやっぱりお笑いと同じで、落ちだと思う。落差っていうかな。お笑いは、上げておいて、ドンッて落とすのが基本だ。

漫才で売れないころは、おねえちゃんたちも、まあうだつの上がらないなんて言ってたけど、オレもすこしはうだつが上がっちゃった。でもオレのレベルでいえば、たけちゃんはお笑いの人、それで女遊びもいっぱいしてるって、おねえちゃんたちはみんな思ってるわけじゃない。それがパブリックイメージというものだろう。

そんな前提でおねえちゃんと知り合って、手はじめに、

「飯食いに行くぞ、飯食いに」

って言う。

「何月何日は空いてねえかな」

「空いてる。じゃ電話してよ」

ということになる。それでオレには運転手がいるから、ちゃんと迎えに行かせるん

だ。迎えに行かせて、飯を食う。「飯食いに行くぞ」と誘っておいて、ほんとに飯食うことしかしないし、それもちゃんとしたレストランに連れて行く。帰りにはおねえちゃんに絶対にわからないように、タクシー代を渡して、若い衆に車拾わせて、じゃあね。そんなことを何回か繰り返すと大抵コロッとくる。たいてい、今夜は帰らないって言う。レストランだけじゃいやだって。もっとお酒飲みたいとかね。これ、落差だと思う。

中には困ってしまう女もいた。二度と会いたくないと思った。

前にオレが『笑ってる場合ですよ！』に出ていた時、ストーカーにあったことがある。それはクラブのホステスで、友だちと浅草へ行って、偶然その店に入ったんだ。オレのそばについて、やたらとベタベタする。周りの人が言うには、「たけちゃんのファンでさ、お店に来たらどうしようとかいろんなこと言ってたんだ。だから今日来るって噂を聞いて、入れ込んじゃって」

そのあとなぜかその女と飲みに行って、それっきりなんだけど、もうワーッとなっちゃって、いつの間にかオレの彼女だということになっている。それで浅草じゅう言いふらしているんだ。

「あたしはたけしの彼女だ」

って。それが高じてストーカーになって、とうとうフジテレビまでやってきた。だけど、裸足で歩いてきたんだ。いくらなんでも裸足はないだろう。ひょっとするとシャブ中か何かでイッてたのかもしれない。とにかく困ってしまった。

結局、誠意も愛情確認も金

オレはわりかし金銭的にきれいだから、そういう怖い女に会うことはめったにない。金銭の話を持ち出すと眉《まゆ》をひそめる人もいるけど、オレはおねえちゃんに対してはそれしかないと思っているからしょうがない。だって、他にあげるものがないじゃないか。前述のとおりで、かみさんがいるし、子供もいるし。

女心と引き合う時に、

「おまえが好きだ」

と告白したとして、

「だったら女房子供を捨てて、あたしと一緒になってくれる」

って言われたら終わりだ。それはできないということがまず条件で、そうすると何か買ってあげるとか、何かしてあげるしかできない。あとは口で言うぐらいじゃないか。おまえのこと好きだよって言うしかない。そんなこと現実としてわかってもらえなければしょうがないんで、具体的に誠意を見せるのは、今のところ金銭以外にない。お金じゃないわ、そんなもんじゃないって言われたって、それしかできないんだ。


女の視点で見ても、こういうことは言えるんじゃないか。


女は男に見返りを求めたがるとよくいうよね。それはたぶん愛情を確認したいんだと思うんだ。愛情は確認のしようがないから、何か買ってもらうという手段が存在するんじゃないのかな。これ買ってくれた、だからあの人はきっと私のことを好きなんだって自己確認する。男が、

「これ苦労して買ったんだ、給料全部はたいたんだぜ」

と言えば、女は喜ぶ。給料全部はたいた行為というのが愛だと思っているから。

自分を傷つけて区切りをつける

仲間の話を聞いてばかだなあと思ったことがある。

女と別れたくなったと言うんだけど、その理由が、たいして好きでもないのに金ばっかりかかるからだと言う。金を使いたくない、だから別れたくなったと。それじゃ悪循環なんだ。金をあげないから別れられないんだ。こいつ失敗してると思った。別れたい、なおかつ金を払いたくないでは、それこそ腐れ縁になって、全然別れられない。オレは金払って別れるっていう正反対のタイプだから、別れ話になれば長引くことはない。

でも、愛情があって未練があるからまだ別れられない、だけど女房に怒られるから別れなければならないというケースもあるだろうね。

そういう時でも、男は区切りをつけるべきだと思う。わざと自分を傷つけなければだめだ。別れるために無理やり金を集めて女に渡してしまう。借金を背負っちゃって、それでもあの女に金を払って失敗したなと言えたほうがいいんじゃないかな。

今は変な人がいるらしいもの。銀座のホステスとつきあっていて、女が別れたいって言ったら、

「今まで買ってやったもの全部返せ」

って言ったやつがいるって。指輪とかハンドバッグとか、買ってやった物を全部メモしていて、これはいくらで、どうのこうのって言ってるんだって。ひどいやつになると、その返してもらった物を、別の女に、

「実はこれ、妹に買ってあげようと思ったんだけど、妹は同じ物を持っていたからきみにあげるよ」

だって。せこいことやってるらしい。

女のワナにひっかかっても

お金で誠意を示すのはいいけれど、たまに詐欺まがいの罠《わな》にはまることもある。たかられるっていうやつ。それで一度、集団で詐欺にあった。

ある時、島田洋七が真っ青な顔をしてオレのところに来るんだ。

「たけちゃん、二〇〇万円貸してくれない。ちょっとわけありなんだよ」

ちょっと考えるよって答えたけど、まあお金は持っていたから貸しておいた。

別な日、銀座のおねえちゃんが深刻そうに「相談があるんだけど」ってやってきた。なんとなく察しはついた。たしかにオレは一回やってるから。

「なんか、できちゃったみたいだから」

「どうするつもり」

「あんたに迷惑かけたくないから、ちゃんとしますけど、それなりに体を傷つけるし、お金だったらとにかく二〇〇万円ぐらい必要で……お店も休まなければいけないし」

その時は、洋七もまさか同じ女に引っかかったとは思わなかった。さらに言うと、まだあと二人もいるとは思わなかった。それも全員が知り合いだったなんて。

しばらくして四人で飲んでいたら、四人が四人とも暗いんだ。それでオレが切り出した。

「おい、洋七、あの銀座のなんとかってねえちゃんがいたな」

オレは勇気を出して、

「あいつがよ、お腹がこうなったって来たんだ。おまえらには隠せないからよ」

そしたらみんなそっぽ向いてるの。

あとで聞いたら客八人かそこらから二〇〇万ぐらいずつ取って、店をやめていた。客の中からターゲットを絞ってやらせて、嘘なんだけど「妊娠しちゃった」と電話して金を取っていたということだ。

だからみんな同じ女に引っかかった。二〇〇万円ずつたかられたわけだ。「なんだおまえもか。オレだけだと思った、ばかやろう」って。


やっちゃって、三日後に妊娠したという女もいた。三日後に電話がかかってきて、

「たけしさん、お腹がふくらんだ」

って、おまえ早いんじゃないか。どう考えても早いよ。

「だけどいいわ、三〇万円で」

って。よくわかんねえな、こいつはと思ったけど。納得いかないけど、しょうがない、何か言われたらいやだから払ってしまった。ひどいやつがいた。

そんなことばっかりやってる女って、いるんだね。したたかなやつがいる。オレな

んかよく誘われるから気をつけるようにしているけど、飲みに行って、帰る時間になってもついてきちゃうやつがいるんだ。

「今日はたけちゃん家《ち》に泊まろうかなー」

なんて、このやろう、金目当てのくせしやがって。

いんちきくさい別れの美学

はっきり言って、引き際の時に「おまえともう会いたくねえよ」って言える女かどうかで、つきあいの長さが決まると思う。そんなこと言っちゃまずいなと感じる女は実際にいて、そうするとその女とは長引いてしまう。

オレの場合は、とにかくおねえちゃんと一緒にいたり会ったりしている時は、「もうおまえがいやになった」ってそぶりを絶対に見せない。その自信はある。いやになったら、かえって自分を奮《ふる》い立たせる。なぜなら、会って、食事していても退屈だったら自分の気分が悪くなるじゃないか。なんでオレはこいつとこんな食事してんだろう、やだなあ、またこいつおれん家《ち》に泊まろうとしているな、と。

そういう時は逆に出る。その女がいやになってきたら、逆にプレゼント買って、泊まれよって言う。そしたら女の子は喜んでしまって、だからなかなか離れられないんだ。

結局はきたないっていうか、オレは自分が悪者になりたくないんだろう。そんな気がする。別れる時に自分が加害者になりたくない。男のずるさと、いんちきくさい美学だ。

最近それでいい方法だなと思ったのは、やっぱり金を叩きつけるっていうことだね。いろんな理由をつけて、金を目の前に置く。

「おまえを嫌いになったというんじゃないんだよ。マスコミが疑ってる。オレんちを張っててな、おまえといるとバチバチやられるからよ、もう会いたくても会えないんだ。だけど今までのことすごく感謝してるからこれで別れてくれ」

って、何百万か積んで、

「ほとぼりさめて、またうまくいったら電話するから」

ってこんこんと諭《さと》したら、そのおねえちゃんも泣きながらお札を目で数えたりなん

かして。わんわん泣いて、手で顔を覆《おお》って、

「たけしさん、やだ」

って泣きじゃくりながら、指の間が開いてたりして。札束を目で追って、一、二、三……八〇〇万か。あと二〇〇万のためにもうちょっと泣こうかだって。このやろう、わざとらしいと思うけども、まあこの方法だとあとがすっきりする。女の子とは絶対にもめないし。

いちばん傑作だったのは、四〇〇万円という半端な額で別れた女かな。手元にちょうどそれぐらいしかなくて、その金をあげて別れたやつがいるんだ。別れてくれと言ったら、

「あたし気が抜けちゃった。明日からどうしよう。しばらく旅行でも行こうかな。やっぱりたけしさんのこと忘れられないよ」

ってわんわん泣いていて、金額のせいもあるかな、まずいなと思ってたら、あくる日、六本木で踊ってやがんの。酒飲んで踊ってんじゃねえよ、このやろう。友だち四人ぐらい連れて踊ってやがるんだ。困ったやつだな。

だけど不思議なもので、男はそういう時、文句を言いたいけど見つからないように

逃げていくんだね。なんでオレは悪くないのに逃げるんだろうといまだにわかんない。プライドが許さないのか、そんなところで「てめえ、このやろう」って言えない。てめえの金で踊ってんのか、このやろうって普通言いたいんだけど、言えないのは世間体があるからなのかな。

銀座のクラブでホステス口説いて、待ち合わせの約束をする。じゃあ何時にどこそこのスナックで待ってろって約束して、いそいそと行ったら何分待っても来ない。ちきしょう、頭きた。ラーメン食べて帰ろうってラーメン屋に行ったら、ラーメン屋でそいつが違う男といるんだ。ウッと思って、そいつに見つからないように出て、金払って逃げていく。すっぽかしたのはむこうなんだけど、その場では何も言えない。おまえはオレをすっぽかして、こんなところにいやがってって文句言えない。なんなんだろうと思うよ。被害者なのに、なおかつ隠れているなんて。

「これからは友だちでいよう」の裏側

男と女の間で友情は成立するのか。変な歌謡曲のテーマみたいだけど、友情が成立するとしたら、それは単にお互いに魅力がなくなっただけだと思う。

男と女が別れ話をする。そして、

「これからは友だちでいよう」

と言う。

それは、どちらかが一方的に相手に迷惑をかけたと思っていて、その懺悔《ざんげ》の気持ちが言わせているんじゃないか。どちらにも非がない、五分五分で「友だちでいよう」って言ったとしたら、いったいそいつらはどんな関係だったんだと思う。

オレにも女友だちはいる。だけどその女とは最初から男女関係が成り立たない間柄だ。七〇才のおばさんとかね。だけど七〇才のおばさんでも、たまに二人で酒飲んでる時に、一瞬、このおばさんその気もあるぞって思うことがあるんだよな。あれは焦る。

「ねえ、たけちゃん」

なんて言われると、あれ、このばあさんあれだな、まだそんな気あるのかなと色っぽい時があるんだ。

女は女であることを捨てない。孟子《もうし》のお母さんの言うとおりだ。七〇才のおばさんでも、その瞬間は恋してる。男のほうは性的も何もない、そんなのは超越して〞おばさん〟としか見ていないんだけど、だから逆に気のおけない、いい仲だと思ってるけど、おばさんのほうは意外に恋してるかもしれない。

そんな時、ゾクッとしたりするもの。ゾクッとして、色っぽいと思ってしまった自分に別の意味でゾクッとする。おばさんの媚態《びたい》が本心だったら大変なことになるじゃないか。いつもあのおばさん、たけちゃんのこと待ってるよだって。

七〇のばあさんが化粧して待ってたら大変なことになる。横溝正史《よこみぞせいし》の世界だ。いつもと違うパンツつけてきたりして。ヤバイよ、危ないんだ。

つきあった女の悪口は言わない

いろんなことがあったけど、女にだまされたことってそんなにない。

仮にだまされても、だまされたってことは、お笑いやっているから、かえって財産だからね。たとえば銀座のおねえちゃんの時のように二〇〇万円だまし取られたってことは、それを自分がネタにして、お笑いで、ギャグで二〇〇万取り返すことにつながるから、かえって嬉しいんだ。ひどい目にあったなんてことは、われわれは舞台でもテレビでもなんでもしゃべってしまうじゃない。オレにとってギャグはつまり収入源だから、すると、女の人にだまされても、ああ、いいネタを一個もらったとしか思わない。そのネタでだまされたぶんの金を取り返してやろうと意欲がわく。

そんなことばかり言ってるからかな、おねえちゃんにのせられて、だまされて、よく高い物を買わされはしたけど。

「たけしさんはすごい。まるっきり無関心な顔してて、ぽんとやる時はすごいことやるからね」

って言われてのせられて、またどーんと大きな物を買ってあげてしまう。なんだ、また買ってやらなきゃいけないのか、あーあと内心では思うけど、でもオレはそういうことは口に出さない。

つきあった女に文句言ったことは一度もない。手を上げたこともないし。文句言ってケンカして血を流したのは、若いころの夫婦ゲンカだけだ。

●男と女の行間

男の浮気願望

彼氏が浮気して、とか、亭主が女をつくっちゃって、と相変わらず人生相談で女の人が嘆《なげ》いている。でも、男には浮気をしたいという願望が常にあるものだと思っていたほうがいいと思う。そのうえでお互いに盲目的に信じ合うことだ。

実際に浮気をするかしないかは、また別の問題だと思うけど、願望としてはいつも男は浮気をしたいと思っている。そしてもし現実に浮気をしたとなったら、それは男の問題になるけど、バレても「してない」って言うほうがいい。完全に現場を見られたとしても、違うと言い張る。女の人も違うんだと思うようにしたほうがいい。そうして男と女は生活をつくってきたんじゃないかな。

お互いなんでも正直に話し合っています、なんていうことは嘘だと思うね。浮気したけど「してないよ」って言うしかないじゃないか。女の人も、彼があれだけ言うんだからしていない、確証はたくさんあるんだけどしていないんだって思い込んでつきあっていかなくちゃだめだ。

「あいつが忘れられない」と思うとき

男女間に横たわるさまざまな位相にあって、セックスは確実にひとつの重要なパーツだと言えるだろう。

男からすれば、どんな女と一緒にいても、やっぱりあいつがいいや、あいつが忘れられないと思う時がある。セックスと直截《ちょくさい》に言うと肉体的なニュアンスが強いと思うけど、ベッドインすることだけがセックスではないんだ。セックスにはイントロダクションがあって、男と女が二人でお茶を飲んでいる、その時からセックスは始まっている。お茶を飲む、その行為がすでに前戯なんだ。外国人はよくそんなことを言う。ベッドインする前の食事や会話からがすでに前戯だと言われて、たしかにそうだなと思ったもの。

そういうことを考えれば、あの女とのセックスが忘れられないというのは、肉体的な行為だけではない、その前後のことまでを含んだ総合的な意味でのセックスを指しているんじゃないか。だからこそ忘れられなくなるんだと思う。

テンションを下げる恋愛手続き

オレはいつも言うけど、男にとってセックスは未知の世界の開拓だよ。今こんなことを書くと怒られるかもしれないけど、女に未知な部分があるからセックスに征服感という喜びがあるんだ。この女の人を自分のものにしてしまいたい、自分のものにした。そう錯覚してしまうような部分だってあるわけでしょう。

そう考えると、男女の友情の話に戻るけど、話がよく合う男女は友だちであって恋人にはなりえないと言う気もする。なんでもわかりあえる、じゃお母さんでもいいということになりはしないか。だからその女がどういうやつかわからなければわからないほど、性的には燃え上がるんだと思う。

没個性でいるから緊張関係も生まれる。テンションと言い換えてもいい。ただ、たまにおねえちゃんと話している途中でテンションが落ちてしまうことがある。そういう時はしょうがないから、オレは便所に行くことにしている。

便所に行って、テンション上げて、ついでにテンションじゃないところを上げて帰ってきたら何をしてたんだと。そんなことはどうでもいいとして、要するに相手のことをなんにも知らないほうが性的な意義があるということだよ。変な話が、そのへんの交差点で向こうからいい女が歩いて来たら、すぐやってしまうのがいちばん気持ちがいい。生物のオスとしたらね。だけども、そういうことは罪になってしまって、社会的、法律的にはお互いが合意のうえで性的な関係を結ぶということになっている。だから初めはお茶を飲んだり食事をしたりすることになっているけども、それはテンションをじゃんじゃん落としていくと思うね。

第一印象でいいな、やりたいなと思っても、とりあえずは相手を探る。

「どこに勤めているんですか」

とか、後ろに怖いお兄さんがついていないかとか。でもそれは意外に性的意義やテンションをすり減らす行為だと思う。

セックスで元の男がわかる

テンションが下がってしまうのはなにも会話に限ったことだけじゃない。ズバリ性的な関係で下がるときがある。セックスの手法が違う、白分が今までやってきた女の人と全然違うことをされると、いったいこいつはなんだろうって思う。おいおい、ちょっと待てよという。あぶないぞ、こいつ。おまえアダルトやってんな。何百人もの男とやったんだなというか。

元の男がわかる女がいるんだ。その男との間でできあがったクセが出るから。そういうときは驚く。元の男を笑ってしまったり、逆にヤキモチ焼いてしまったりする。

前に笑ったのは、これは男の例だけど、ダンカンを使って映画を撮った時にベッドシーンがあって、ダンカンが、

「どうしたらいいですか？」

って聞くので、演技指導でもないけど、

「おまえがいつもやってるようにやれ」

と言ったら、女優の髪をつかんで、いきなり股間に持っていった。そんなセックスがあるか、このやろうって。

「おまえは何をしているんだ」

「はあ?」

「はあ、じゃないよばかやろう。なんで女の髪の毛引きずり回すんだ、ばかやろう」

「ぼくはいつもこうやるんです」

だめだこいつはと思った。

過去を忘れる女、引きずる男のメカニズム

男は過去の女を忘れないけど、女は過去を断ち切って生きると思う。

別れ話をたとえにすると、男が別れようと言った時は、女の子は「もうちょっと考えたい」とかグズグズして、決断が遅いかもしれないけど、いざ別れるとなったらパッとその時点ですべて終わって、新しい生活をしていく。

男は別れ話を切り出すのは早いかもしれないけど、別れたあとでもいつまでも女の

ことを思っている。別れてからだいぶたっても、その女の子は自分と同じ感覚を持っているはずだろうと思って電話してしまって、会ってみたらまるで他人行儀だったりする。男は図々《ずうずう》しくも昔の仲を取り戻そうとして、ホテルに誘って、昔さんざんやらせたからいいじゃないかなんて簡単に考える。でも女には絶対にそんな感覚はない。

男は、たとえば五年もつきあったおねえちゃんと別れて、半年後に会えば五年前のあの日の自分たちに戻そうとするんだ。しばらく会っていないからきれいに見えたりもする。

「ホテルでも行こうよ」

となんの気なしに誘ったら、冗談よしてと怒られた。

おねえちゃんはその半年の間に五年の歳月の思い出なんて完全になくしているから、ああどうもって言って、あんたなんか忘れたっていう状態になっているんだ。

どうして女がそうできるのかはわからないけど、とにかく男は女のことをずっと思っている。だから、男は新しい彼女ができた時に、その新しい女が前の女を忘れさせるというメカニズムだと思うんだけど、女はそれまでの男を忘れてから新しい男をつくるんじゃないかと思うんだ。

キタノフィルムの男と女

オレの映画に出てくる女性について質問を受けることがあるけれども、まず、オレは映画にメッセージ色を出すのが好きではないと言っておきたい。メッセージ性が強いと、へたするとファッションになってしまうから。そうではなくて、観ている人が、自分なりの考えで接してくれればいいと思っている。人には今まで生きてきた環境とか教育があって、そういうのが混ざりあったうえでひとつの映画に対する解釈があるわけじゃないか。

で、登場人物があんまりしゃべると、そこでもう理解しちゃうじゃないか。と、まあ、よく映画論でやるんだけど。なぜあなたの映画は無口なんですか、状況を説明しないんでしょうかって言われるけど、状況とかいろんなことを説明することが、すべての人に対していいことではないよ。逆に、説明すればするほど人をふるい落とすことになるというか。

たとえとしていちばん簡単なのは、よく言うんだけど、要するにテレビで食べ物のレポーターがいて、ラーメン屋に行って「ここのラーメンうまいんです」って食べる。

「ああ、うまいですねえ」

って、ひとこと言った瞬間に、テレビを見ているやつは全員がそれをうまいと思う。だけど、

「かつおのダシがきいてる」

って言ったとたんに、かつおが嫌いな人は降りる。

「麺がシコシコシコしてる」

シコシコ嫌いもまた降りる。

「とんこつスープ、トッピングがどうの……」

そうやってレポーターが説明すればするほど、最初にテレビを見ていた何百人のうち何人残るかっていうサバイバルになってしまう。だけど、ただひとこと、「うまいですね」って言えば、みんなそのラーメンはうまいと思うわけだ。こまかく説明すればするほど、自分の好きな味と関係ないことを言われた瞬間に、一抜けた、二抜けたと減っていく。

だからオレの映画では無口なことが多い。人物の関係を無口にやってくと、見ている人が勝手に自分の最もいい状態で見てくれる。この夫婦はこうなんだっていうふうに見てくれればいい。夫婦でしゃべりだしたら、その関係性を限定してくることになる。そうすると見る人をふるい落とすことにつながるから、だからあんまりしゃべらせたくないんだ。

黙っていても伝わること

『HANA—BI』の夫婦は会話をしない。オレは男同士の関係でもああいうのが好きなんだよ。お互いにそばにいて、ニヤッて笑ったり酒飲んでるだけでそんなに話さなくて、「どうしてんだ」「こうなんだよね」とポツリポツリ言うぐらいの。

個人的なことではオレと中田《なかた》カウスの関係がそれに近いかな。オレはカウスのことを「あんちゃん」って呼ぶんだけど、オレが大阪に行って、

「あんちゃん、来たよ」

「うん、飯行こうか」

って飯食いに行く。で、黙ってて、いやあ、あれだね、ええ、なんてわけわかんないこと言ってる。それで、じゃ帰るわ。あ、そう、じゃあって。もうあんちゃんがホテルをちゃんと取ってくれている。あくる日に弟子が迎えに来て、新幹線の切符をパッと渡されて、そのまま乗って帰ってきちゃうんだけど、全部、裏で仕切ってるわけ。ホテルがどうで新幹線がどうでなんて、いっさい言わない。そんな関係なんだ。

そういう感じで、女の人でも、二人でいて、どうのこうのって会話はあんまり必要ないと思っている。なんか同じ空気を吸いこんだのが楽しかったな。それだけでいいと思う。つきつめれば同じ空気を吸うことの楽しさがすべてなんだけど、それがお互いに確認できないから、言葉でコンタクトをとろうとするんじゃないか。お互いに共有する部分を確認する方法が言葉でしかないから饒舌《じょうぜつ》すぎるぐらいにしゃべっているんだと思うんだ。

西洋的な感じで、よく喫茶店なんかで若い男と女が、

「ぼくはそうは思わない！」

「いや、違うわ！」

なんて、わあわあやっている。

「ぼくはそういうことに対してはなんとかかんとか……」

どうでもいいよばかやろう。どうせ最後にはやるんじゃねえかおまえたちって。

ただ黙ってお茶を飲んで、ホワーンとしてて、なるたけ簡潔な言葉ですませてしまう関係性を、ジャパニーズは持っていたはずだっていうんだ。

その関係性は、無口ではあっても、コミュニケーションがないわけではないんだ。

お互いのつながりがわかったうえでなら、どうしてわざわざそれを表現しなくちゃいけないいんだろうと思う。なんで男と女、夫婦の行間がわからないのか、と。

いやなのは、電話をかけてきて、

「私のことを好きだと言って」

「愛してるって、今ここで言って」

などと言う女だ。ふざけんなばかやろう。そんなことを言わせる女なんか、どうして好きになるかい。

ほんとに、言葉以外に表現方法はいくらでもあるのに、どうしてこう単純なことばかり求めるように今の時代はなってしまったんだろう。

また別の事例を出そうか。オレたちは生き物だから、喫茶店に入って、そこにおねえちゃんが座っていて、ふと見たらいいおねえちゃんだなってすぐに思ってしまう。なんにも会話してないのに、すてきだな、あの子っていう時があるじゃないか。それはもう雰囲気、顔、スタイルも服装も全部含めた、総合的な素敵さに見とれてしまう時がある。それでもう勝負ありだと思うんだ。最初にそれだけインパクトがあれば充分だと思う。だって、

「ねえちゃん名前は？　仕事は何やってんだい」

とかいちいち聞いて、

「キャバクラに勤めてます」

だったら、いやだってなるだろう。黙っててくれればいい。それですむと思う。

あなたがポツンとそこにいるだけでいい

オレの『あの夏、いちばん静かな海。』を見てくれた人はわかると思うけど、いっさいの会話がなくても男女の関係は成立する。そう思いたい。

ただ映画をつくるにあたっては、結局は自分にないものに憧《あこが》れてものをつくるということは拭《ぬぐ》えない。だからオレにとってのある種の理想形なのかもしれない。人間、基本的には、どうしてもフィジカルな接触というか結びつきが愛だと思っている。そうではなくて、繰り返しになるけど、同じ空間にもうひとり自分の愛する人がいるだけっていうのが理想だとオレは思う。口もきかなくて、お互いに好きなことをやっているんだけど、そばにあの人がいるという安心感だけはあるというのがいちばんだと思う。だけどどうしてもそれでは不安だから、うまくお互いのコミュニケーションをとったり、趣味を一致させたり、あるいは嗜好《しこう》的なことが共通だから好きになるなどと言う。でももう、いっさいそういうことを無視して、あなたがポツンとそこにいるだけでいい、そうなってしかるべきだと思うよ。そのぐらいは人間の頭って進化してもいいと思う。

淀川長治《よどがわながはる》さんが『あの夏、いちばん静かな海。』のワンシーンを誉めてくれたことがある。ちょっとした行き違いで怒って自分の部屋に閉じこもってしまった少女に対して、少年が外から少女のいる二階の窓に小石を投げるというシーンだ。

自分でも好きなシーンだけど、これもオレにはないものなんだ。オレはそういう行為はできない。ただ、しいて言えば、ガキのころにそれに近いことはあった。投げたのは石じゃなくて野球のボールだったけど。

小学校の時、おふくろの目を盗んでは野球をやっていた。それでわざと近所の家に野球の球を投げ込んでグローブ持って立っていたことがある。そこにおねえちゃんがいて、その球を拾って出てくるんじゃないかと期待してたら、変なくそじじいが出てきて、なんだこのやろうなんて怒鳴られて、バーッと逃げたことがあった。

けっこうお大尽《だいじん》の家の女の子で、当時の貧乏な下町にはきわめて珍しいことにピアノの音が聞こえる。塀がずっとあって、だからお嬢様なわけ。ガキ連中みんながその女の子を好きなんだ。それでなぜかその家の近くにキャッチボールできるところがあるんだけど、できたら球が庭に落っこちてほしいと思いながら投げている。そんな気持ちで投げているから、偶然以上の確率で庭に入るんだ。入ったら、もうドキドキして喜んじゃう。あの子が球持って出てくるんじゃないかと思って。すると女の子は全然出てこないで、必ずくそじじいの親父が出てくるんだ。毎回、球を投げ入れられるものだから怒る怒る。そういうことはあったけど。

金、名誉、女を目指したら

ここで少しテーマからはずれるけれども、映画監督としての自分にも関わることだと思うのでまとめておこうと思う。

バイアグラなんて一時大騒ぎして、なんだ結局はみんなセックスやることしか考えていないのかということがバレてしまった。ただ、やることしか考えてないんだけど、やることとやりたいというのは別で、自由にやれるようになるにはどうしたらいいかというと、地位とか名誉とか金を手にしたやつの勝ちだよ。だからそのために頑張る。千昌夫《せんまさお》さんみたいに、金髪のおねえちゃんとやるぞと田舎から出てきて頑張ってしまう。でも、千さんもそうだと思うけど、地位とか名誉が手に入ったら、女とやるなんて気はなくなってしまうということがあるんだ。

そしてさらに言えば、初めは名誉とか金とか女だと思って一生懸命やるけれど、ところが途中から、そのためにやっている仕事自体が楽しくなってくる時がある。今、オレは映画をつくることがけっこう楽しいんだ。でも初めは下品な部分があって、

「映画監督になって女優とやるぞ、いい女の女優で、主役にすれば監督とできちゃうんだから、これがおまえ、監督冥利《みょうり》に尽きるぞ」

なんて言ってたのが、映画をつくること自体がおもしろくなってきて、そんなことはどうでもよくなった。いい映画をちゃんと作らなきゃまずいと思うようになったんだ。

だからそれと同じで、出世したいとか金を稼ぎたい、でかい家を建てたいとかいろんなことを初めは考える。だけどそうじゃなくて、金を稼ぐための労働自体が楽しくなる。最初の目的は違うんだけどね。そういうふうに切り替わっていったやつの勝ちだと思う。

アンティーク時計になったかみさん

さて夫婦の話に戻って、男と女が暮らし始めて月日がたてば、当然年をとるから女の容色も衰える。「女房と畳は新しいほうがいい」とは昔の人が言ったことだけど、必ずしもそうではない、男の愛情の持ち方があるという気がしている。

表現として、たとえば最初、いい時計を買ったとする。新しくてきれいでダイヤ入りの時計。使っているうちに、それがアンティークに変わる瞬間があるんだろうと思う。アンティークはアンティークなりに、その時計を身につけていた思い出があって、古くはなったけどアンティークとしての良さが出てくる。そうすると女の見方も変わってくるんじゃないか。それが今のかみさんだといったら怒られるけど。

女の人は年をとってくれば、どう考えたって若い女の子に見た目はかなうわけがないんだから、そうするともうアンティークの勝負だ。品があるとか、やっぱりそれだけの人生を歩んで来た良さというかね。だから男もいろんなことを加味して、よりよい女として考える意思がないといけないと思う。けっこうなじいさんでも「うちのばあさんが」と奥さんの年のことをからかいながら、その言葉の中に愛情を感じられる人がいるもの。

「うちのばあさん、もう六〇なんだ、ねー」

なんて笑っている時、ああまだ奥さんのこと好きなんだなこの人、と思うもん。すると横にいるばあさんが、

「ばかなじじいでね、この人」

なんて笑っている。いい夫婦だと思う。

そうやって笑いあえるのは、お互いで自分たちなりに培《つちか》ってきたものがあるからだ。培ったものが何もなければ、結局は亭主の退職金もらって別れてやろうとか、それぐらいの結論になってしまうんじゃないか。

アンティークの良さを認めあった老夫婦の姿だけでも、自分で想像するといいなと思う時がある。もうちょっとしたら、うちのかみさんを連れて海外旅行に行って、たとえば二人でイタリアでも行って、

「おまえ、このベネチアングラスの色の出し方はなあ」

などと言って二人で理屈こねるのもいい姿だと思うことがある。それもできないことはないな……と思っているけど、ぬか喜びはまだ早い。今言うと図に乗るから。まだちょっと。

「これ買いましょう」

なんて言われたらかなわない。ひとりで行って、てめえの金で買いやがれ。

アンバランスでいい男と女の役割分担

男と女が対等にいようとするからもめごとが起きるんだろう。五分五分でぶち当たるからケンカになると思う。誤解されると困るのは、男尊女卑を奨励しているわけじゃない。男が女にだまされてやるということもあるし、女の子が今度は見下したっていいわけだ。男が偉そうなこと言っても、あんたはすごいって言って、ばかなんだなあ男は、自慢ばっかりしてと内心ほくそえんでいたっていい。だからある部分では男が上で、ある部分では女が上で、そのシーソーのくり返しで生きていったほうがおもしろいと思う。シーソーが水平のまま全然動かずに、五分五分で平均とってお互いに意見も全部言い合ってしまってはつまらないと。だったらひとりで生きていけばいいわけだ。相手が重くなったら自分が乗っている側のシーソーを上げて、そのうちこれじゃいけないからとまた元に戻して、そのくり返しが男女の問題であって、お互いにうまくバランスとっていようとするのはかえって難しいんじゃないかな。バランスとろうとすると、結局は緊張して動けなくなるんじゃないかと思う。

男と女の役割は、局面に応じて変わるものだよ。親子になったり兄妹になったり、またある時は恋人になったり。夫婦という形を決めて生きていく必要は全然なくて、女は母親になったり彼女になったり妹になったり、だから当然男も親父になったり弟になったり、そんな位置関係のぐちゃぐちゃが、夫婦としてつきあううえでのいちばんおもしろいことだと思うんだ。そうじゃなければ、飽《あ》きてしまうだろう。恋人同士のまま、それぞれを尊重しあうなんて、どうだっていい。

愛で損する自信はあるか

おねえちゃんでも、友達でも同じなんだけれど、人とつきあう上で、得をしようと思ったことは一度もない。反対に損する自信はある。

たとえば、カウスは友達だけど、あいつに何ひとつ頼んだことはないし、絶対に頼まない。よくあいつには、

「オレが会いにこなくなったときは、調子が悪いときね。てめえの仕事の調子悪いときとか、何か困ったときには絶対におまえに会いにこない。だから会いにきてるとき

は調子いいと思ってね」

と言う。

だけど、もし逆に相手に何かあったら、ひとづてにでもそれを聞いたら、何かやってやろうと思う。その準備はある。自分のことに関しては、まったくない。そういう自分自身に対する緊張感がないと、人とつきあうべきではないと思っているからだ。

その人とつきあっていることで充分解消されているものがあるのに、それ以上何か「お返し」を求めるのは、違うんじゃないかって。

〝余った分〟が愛情に変わる

これは個人個人の生き方の問題になるんだけど、愛情とか夫婦の愛などというものは、個人が充足して自立して、初めてまっとうに出てくるものじゃないか。文化もそうで、基本的には人間がさんざん食えるような時になって、余った時代に文化が成り立つ。

男も女も完全に、とくに男は完全に自分の足で立ったときに、自分の中で余った分を愛情としてかみさんにあげられるのではないかと思う。それができなくて自立がない人間は、今まで愛情をあげたんだからオレをどうにかしろなんて言う。もともといやなやつが、その瞬間に、女にとってはもっといやなタイプになってしまう。

そういう意味では男はかみさんや子供の前でも孤独でなくてはいけないと思うね。ニヒリズムじゃないけど、かなりその部分を意識しないといけない。誰しも捨てられるということを前提にして生きているわけじゃないけれども、夫婦なんて簡単なことだ、離婚はあるわけだから。となったら、二人で一生仲良く続けようねなんていう根性はいけないと思うよ。

女は年をとれば、旦那以上に自分の血を分けた子供のほうが身近にいることを感じる。いよいよの時になって、どっちを選ぶとなったら旦那よりも子供を選ぶ。だからどこの離婚夫婦も親権の問題でしか、もめていないじゃないか。夫婦があれほど仲が悪いのに、子供だけはよこせって言う。半分、そのいやなやつの血が入っているけど、関係なくて、自分の血が入っている。だから絶対に子供の取り合いになってしまう。そう考えれば、夫婦はしょせんは他人だという言い方にもうなずけなくはない。

結婚相手の選びかた

女が結婚するにあたっては、男のどこを見るべきか。よく聞かれるけど、今の女の人が普通に考えているのは、幸せになるために社会的に出世しそうだとか、有名になりそうだとか、生活をしていくうえでの経済的な能力がある男。そういう男を見つけようとしているわけでしょう。でもそんなやつは思考回路からはずして、なんにも役に立たないようなやつのほうがいいと思う。嫁さんもらうのに、家用意して、金持って、さあどうぞってやつは絶対に浮気すると思うしね。

経済能力は何もない、生活の役に立ちそうもないんだけど、それ以外にいいところが何かある。そういう男と一緒になったほうがいいと、いつも言ってるんだけど。それは二人して、へたすれば苦労する原因になるかもしれないけど、生活すること自体の良さがあって、それから始めて生活するために二人で努力すべきだよ。生活するためのいろんなお金や設備が用意されている男に女がくっついても、なんにも意味がないと思う。お金は二人でつくっていくもの。初めはないものとしてわきまえないと、あとでとんでもないことになりかねない。

「本当の恋愛」と「愛が入ったゲーム」

つまるところ男と女って、性的なつながりもあるけれども、いつフィフティーフィフティーでお互いに認め合うことになるか、そこまでの過程が大切だと思うんだ。例えば二二、二三才で恋愛して、わずか一、二年、二四才になったら「二人とも本当の恋愛しています」って、この先はどうするんだと思うよ。お互いに探りながら、何十年もかけて、へたするとくたばる瞬間になって初めて良かったねというだけかもしれないじゃないか。あるいはお互いがリタイアしたときに、さあこれからという波が来るんじゃないかと思う。それまでは闘いをやっているような気がする。

それとやっぱり、男女がつきあう時は、ある程度、愛が入ったゲームだと思わなければだめじゃないかという気がする。そんなにくそまじめに口が立ったたって、しょせんは、たかが愛だと思う。それで愛とか絆《きずな》とか、そんなに強いものでもないんだ。男のリストラ一発ですべて崩壊しちゃうような危《あや》うい世の中じゃないか。あなたと私は一生懸命生きていって、あなた愛してる、おまえは捨てないとか言って。だけど、ちょっと会社が調子悪いんだけどと言ったとたん、別れましょう。その程度だ。明日から給料ねえぞって言ったら、一気に崩れてしまうじゃないか。

●恋愛以前

こんなもん夢じゃない

そんな危うい世の中だから、女もきちんと自分の生き方を見つめなければだめだ。そう思うんだけど、困ったことに首をかしげたくなることも多い。

たとえば、よく女が夢、夢って言う。夢の実現、夢がかなったなんて平気で言うやつがいるけど、オレは全然認めていない。夢とは、夢が実現したというのは、今日ここにいて、貧乏でここにいたとして、朝起きたら枕元に現金三千万円でも置いてあったりすれば、夢がかなったと言えるよ。いい女がいて「さあ、やりましょう」って言われたら夢がかなったと言っていい。

オレは学生時代、夢は何ですかって言われたら、「車が欲しい、そりゃ外車に乗りてえよ」って答えた。それが夢だって言ったけど、漫才師になって、何年もかかって金稼いで、外車を手に入れた時、こんなもん夢じゃねえって思った。手に入れられるだけのことはやってきたわけだから。だから夢なんか絶対ないと思ってる。俺はこんなもんのために働いてきたのかと思って蹴飛ばしたことあるもん。ふざけるな、このボロ車って。これがオレの夢だったのかと。

夢ってせいぜい明くる日とか、次の瞬間に現われるものであって、夢の実現のために何年も苦労しましたと言われても、苦労している間に夢なんかなくなるだろうと思うけど。そんなふうに言うのはオレの性格かもしれないけど、なにしろ感動しない性格だから。夢中になるということに対しては、ブレーキを相当かけられたね。だからなのか、夢中になって踊っている人とか、夢中になってバンドでギター弾いてる人とか、夢中になってやっている必死な顔を見るのがすごい恥ずかしいと思った時代がずっとあった。一瞬、自分がああいうふうになりたいと思うときもあるんだけど、そうなった姿のことを思うと恥ずかしくてできない。

実を言うと、ベネチアでも感動していなかったんだ。賞が発表になる直前、オレは雑誌の取材でボートに乗って、写真を撮っていたんだけど、あとで考えて、あれは賞をとった後か、とる前か、どっちなんだって。スタッフは、すぐあとに発表があるからみんなピリピリしていたらしいんだ。でもオレはいい気分で撮影してもらっていた。あとで家に帰ってきて考えてみたら、ボートに乗って、いろんなところに写真を撮りに行ったけど、あれは、賞をとった時で気持ちよかったのか、やっぱり賞をもらったから気持ちよく撮ってたのかなあと思ったけど、あれ、そうじゃないぞって。たしかあれは発表の前だ、それにしては緊張もしていないし、いい気持ちだった。だから賞も何も別にって感じだったんだ。

「私の運命」はどこに

オレのことはわきに置いて、夢の実現ということに関連して言えば、今、運をつかもうとか運命を変えようなんてこともよく言うじゃない。だけど運命についてわかっているとなんか何もない。あるとすれば、なるようにしかならないっていうことだけだろう。

だけど人間、運命を変えようと努力をする。でもその努力は、運命を変えるために努力しているのではなくて、なぞるためだと思う。

雑誌の星占いや街の手相見はいつの時代も女の人に人気がある。また、何かうまくいかないときがあると「運命のいたずら」などと言う。それはすべては、人生のベクトルができていないからだと思う。ゼロから始まって、縦軸と横軸の座標に応じて伸びている直線の矢印。矢印とはつまり方向と終点がはっきりしているということで、その座標軸と矢印は、人生にもあると思うんだけど。

また自分のことで恐縮だけど、オレのベクトルはゼロから始まって、漫才で右斜め上に伸びて、映画監督でさらに先へ伸びた。そうしてひとつのラインができた。そうするともっと先には、努力したりしてちゃんとやっていけば頂点みたいなものが見えてくる。頂点が見えれば、たとえ到達しなくてもいい、その過程で振り落とされてもいいやって思うんだ。それは死ぬ覚悟みたいなものでもある。

このままどうやってやってけばこういうふうになるんだろう。それこそ運が良ければだけど、でもある意味での到達点が見えているから、想像力を働かせて、これからどうするの、どうなるかなと考える。わかりやすいイメージとして、たとえばハリウッドに呼ばれてすごい当たる映画をつくって、アカデミー賞を山ほどもらう。それで意外に黒沢明《くろさわあきら》のあとは北野武だなんて言われる。オレは今の位置から、そういうラインがだいたい見えている。そうなれるわけではないんだけどね。このままうまくいけばここにある、すると、その過程でポロッと落ちてもしょうがねえって思う。

運命や占いにすがる女の子って、その到達点が見えていないんじゃないか。自分の将来の目標みたいなものが。いい人に出会って、その人はお金持ちで、子供を産んで幸せになろうって言うんだけど、まずいい人にも当たらない、いい子供にも当たらない。どうなっているんだろう、私の運命は。当たり前だ、自分で何もしていないからだ。

ひとつ何かが見えれば、自分の人生をだいたいにおいて達観できる。見えたものへ到達するまでの過程で終わってもいいやと思える。このまま登っていけば富士山頂に着くっていう道ならどこで振り落とされてもそれなりに諦めがつくけれども、これが本当に富士山に登る道なんだろうか。この道は正しいんでしょうかって聞いてるんでしょ、今の人は。この道は正しいんでしょうかって言われても困るんだ。やっぱりある程度の確信を持って、この道を上がっていけばどうにかなるんだ。私はこれを信じてきちんと歩くんだ、その途中で死のうが何しようが、歩き続けるんだ。それぐらいの覚悟を持ってほしい。

世界基準の女になるには

将来のためにとか言って、語学でも何でも留学するやつが後を絶たない。でもオレは、留学するやつって、日本でだめなばかが、外国に逃げただけとしか思えないんだ。外国で会う日本人の学生ってばかばっかりだもの。単に日本のまともな学校に行けないか、親がかっこいいと思って外国へ出したってだけで、本当にその学校でしか学べないものを学んでいるとは思えない。たぶん専門的な勉強の前に、まず初級英語コース、日常会話ができるかできないか程度、それをやってすぐ帰ってきちゃうんじゃないか。

あとはどうしようもない外国人好きだね。留学して、むこうのやつと一緒になって、それもけっこうマヌケな商売の男と一緒になって、日本人観光客相手のコーディネーターになっていたりする。

だから本気で留学するなら、せめて中学くらいから入れないとだめだと思う。

国際的に通用する女であるためには、ある程度の肩書を持っていかないとだめじゃないかな。山本耀司《やまもとようじ》さんにくっついて、ヨウジヤマモトのパリコレの仕切りやコーディネートを全部やる。仕事としてすでに完成しているから、あとは語学として専門用語だけ覚えればいい。それなら世界で通用する女の人と言えると思う。

映画の仕事でも、日本で助監督をずっとやっていて、映画のことはずいぶんわかっている。だからむこうに行っても、映画に必要な英語だけ覚えればできる。そういう人ならいいけど、何もなくて英語だけ習いに行ったってしようがない。それこそ日常会話なんてどこだって習得できるわけだから、英語がしゃべれるということには特別な意味はない。外国語を使って何かその職業に就《つ》いている人は認めるけど、ただしゃべるだけなら、ホームレスだってしゃべっている。

それじゃ村田英雄《むらたひでお》さんだよ。

「アメリカはすごい。ホームレスが英語で金せびってた」

違うよ。

「全部外車だぜ」

っていうのもすごいけど。アメリカは全部外車だったって。金持ちだって。

自分を捨てない地球の歩きかた

よく情報化社会とか国際化社会って言うんだけど、それは人間が無国籍になるってことではないんだ。日本人のくせして、ヨーロッパに行って、ヨーロッパの文化すべてを受け入れて、作法も全部取り入れて帰ったら、それはヨーロッパ人ということじゃないか。アメリカなんて特にそうで、グリーンカードを取ってアメリカに住めば、その時点でアメリカ人になるわけで、日本人ではなくなる。

そう考えると、日本人として海外に出た時には、失礼のない限り、日本人を主張すべきだと思うんだ。そうして初めて国際人であって、要するに黒人が色の黒さを隠しえないのと同じように、われわれもジャパニーズは隠せないわけだから、それをカモフラージュする必要はない。同化するということじゃなくて、はっきり自分が日本人であることを主張して、そのうえでお互いにコミュニケートする方法っていうのをわかっていないといけないと思う。そうすればレストランでも平気で「箸《はし》ありませんか」って言っていいわけだ。

だから、女の人も海外に出る時に、何もそれは和服を着ろっていうことじゃなくて、はっきりと自分の考えることを通さなければだめだと思う。たとえば自分にとっては男の人を立てることがいちばん心地よいことで、ちゃんとしたことだったら、海外に行っても男を立ててしまう。それは恥ずかしいことでは全然ない。

あとは自分の個性だろうね。よく外国人に日本人はこうだからと指摘されて、直そうとするやつがいるけど、それは嘘だよ。しなくったっていいんだよ、自分がそれでよければ。日本人は主張しない、レストランに行って、注文するときに私もそれをって言ったら、なんで日本人は私も私もって言うんだろう。そんなことはしょっちゅう聞かされる。だけどよく考えれば、私はそれが楽なんだからって言うしかないじゃないか。自分でわざわざメニューを考える、そんなことはどうでもいいことだろう。ヨーロッパ人にとって食事するってことは大変なことかもしれないけど、こっちはどうってことないわけだよ。何を食おうと大きなお世話で、だったらお任せしちゃったっていいわけだ。コックに任せるって言ったって、それが恥ずかしいことでもなんでもないと思う。それを勘違いして、ちゃんと自分なりにメニューを決めて、ワインも選ばないから日本人はだめなんだって言われるけど、そんなことはない。

海外旅行に行くやつはいっぱいいるけど、出かける前にその国のガイドブックを丸暗記したりする。そこに行ったらこうしなければならないという強迫観念だけができあがってしまって、だから頭がマニュアルになっている。マニュアルだったら、テレビで海外旅行の映像なんかいくらでもあるわけだし、そこでマニュアル本持って見てればそいつの海外旅行は完成してしまうよ。

なぜそこに自分を置くかってことがわかっていない。ほんとはそこに身を置くからこそ、いろんなトラブルがあっても、それが自分の身になるわけで、楽しいはずでしょ。もちろんトラブルとか悪いことはないほうがいいんだけど、そうじゃなくて、文化の違いから来る出来事があっていいわけで、だから全部マニュアルどおりに動く必要なんかないんだ。

品性の問題

今の女の人には、節操と品性とやせがまんが失われているんじゃないか。

ごく当たり前のレベルで言うと、たとえばある店で食事をしようとしている。すると、あっちの店のほうがいいからって呼びにこられて、そのときに「ばかやろう、今頼んでキャンセルできるかい」って言えるかどうか。「じゃ、私もあっちの店で食べよう、すいません、あっちに行きます」って言ってしまうかどうか。その程度のことでも、品があるか下品かが判然とする。

前にすし屋にいたら、

「あっ、たけちゃんだ」

なんて言いながら女の団体がドカドカ入ってきて、そこの座敷に上がった。なんだ、うるせえなあと思っていたら、いちばん最後に入ってきた女の人が、

「こんにちは、おじゃまします」

と言って、先に上がっていた女たちが脱ぎ散らかしたハイヒールをささっと片づけて上がっていったんだ。ああ、いい女だなあと思った。

それが品だよ。

会話の中でも、品のよさは出てくる。なんていうんだろう、相手を立てる話し方とでもいうんだろうか。明らかに正反対の意見を言うときでも、相手の意見を取り込ん

でから自分の意見を言う。そんな時、品のよさを感じる。逆によくいるのは、なんでもかんでも「いや、それは違う」「うそ」「だめ、反対」って、受け答えが必ず否定語ではじまるのがクセになっているやつ。そういうのではなく、「そうですね、私もそのところずっと悩むんですよね」なんて言いながら、うまあく話をもっていける人っているじゃない。よく考えたら結局全然違う意見なんだけど、そうだよなあ、そういう意見もあるよなあって相手に思わせることができるっていうのもひとつの品のよさだ。

今は平気で下品なことをするやつが多いけど、たぶん気遣いができないから品がないんだ。その気遣いというのは、他人に対しての気遣いっていうよりも、実はもっと自分自身に対しての気遣いなんだと思う。それをしたら自分が恥ずかしくないか。自分で自分自身を見つめるということ。それができなければだめだ。

●オレの贖罪《しょくざい》

もしかしたら一緒になるはずだったひと

かみさんとつきあう前、彼女がいた。学生で、服の縫製を勉強していて、そのあとブティックに勤めていた。オレはそのおねえちゃんと一緒になるはずだった。でも一緒にならなかったのは、勘がはたらいてしまったんだと思う。そのおねえちゃんは申し分のない、いい子だった。だからオレはお互いがだめになると思ったんだ。

オレがフランス座であくせくしていたころで、収入は全然ない。でも、その子が、

「私、働くからいいわよ」

って言うんだ。そして飯をおごってくれるんだ。だからオレからすれば居心地はものすごくいい。だけど、これではだめになるという感じがした。ほんとにだめになっ

たわけではないし、特別なことがあったわけでもなく自然に別れていったのだけれど、その子は泣いて、怒った。

今考えれば、一緒になっていたらオレは一生うだつの上がらないやつだったろうとは思う。この年になって運命的な考え方もするようになり、別れるべくして別れたんだろうと思うし、逆に意識して自分から別れようとしていたら別れられなかったという思いもある。

それでもやっぱり、ひきずるんだ。ずうっと、そのおねえちゃんのこと、まずかったかなあって……。別れたあと、かみさんと出会って、そのまま今に至っているけど、かみさんとつきあいだした当時はその子のことが影のようにあった。たまにかみさんとレストランに行く。そこでオレは思った。こんなことしてていいんだろうか。オレは新しい女と飯食ってる。飯食って酒飲んで、楽しんで、幸せだ、そうやって笑いでもしたらオレは鬼だと思った。

だからその子のことは全然吹っ切れない。いまだに背負っている。そいつが現われて、どうしてくれるのと言ったら、もう謝るしかない。

五〇になるまでだだっ子だったオレ

女に頼ってしまうオレの性質は、冒頭に記したとおりだ。二〇代、三〇代、それについ最近までの四〇代と、基本的な性質は変わっていないね。五〇才の声を聞いて、ちょっと変わった。気持ちとしては、ようやく女と五分の感じになった。それまでは五分だとは全然思わなかった。甘えっぱなしだった。

経済的なことはともかくとして、精神的には甘えっぱなしだったことは間違いない。自分がだだっ子になれるから女の子にそばにいてほしいということだ。その女の子を説教したり、対等になって話し相手になるなんて気はさらさらない。圧倒的に、もう、何も考えずにだだっ子をやっている。

「おねえちゃん、酒のつまみつくってくれ」

とか、そんなことしか言っていない。文化的な話や難しい話なんて一回もしたことない。

「酒のませろ、やらせろ」

だけ。それ以外に言った言葉は何もない。

オレはおねえちゃんに迷惑を徹底的にかける。まるで相手が母親みたいにしてかける。松方弘樹さんが女の人に靴下を穿《は》かせるなんて週刊誌に出ていたけど、やり方によっては、相手を母親にすれば本当にやれてしまうんだ。女の人も喜んでする。だけど母親ではなく彼女としてやらせたら奴隷になってしまうから、それはだめだろう。母親の立場に上げておいて、靴下穿かせてくれって言うから、しょうがないなとなる。

現実は彼女なんだけど、ある瞬間、母親の立場に追い込むと、まあ心地のいいことしてくれる。

「おねえちゃん、オレ足がつっちゃって、靴下、靴下どこにあるんだ」

「どうして反対に穿いちゃうの、あんた」

と。それでいいんだ。むちゃをやる時は、女の子が喜ぶようなむちゃがあると思う。あとで考えるとずいぶんあの子に悪いことしたなってオレは思うんだけど、意外にその子に聞いてみるとあたしは嬉しくてやったと言っていたりする。そういうことでは気を遣ってきたつもりだけど。

死ぬまで背負っていくこと

女たちがオレにしてくれたことに感謝したい。その気持ちはある。感謝して、だけどやっぱり、なぜかもっと感謝してしまうのは、「してくれたこと」ではなく、「何もしないでくれたこと」に対してだ。それは、こういうことだ。

つきあって、そろそろ、その子も年になってきているから恩返ししなきゃなあ、長いことつきあったんだからって思う。オレは結婚できないから、誰かできればいいやつを見つけてくれて、そうすればその前にオレがちゃんとしてあげたい、いい嫁さんになるんだけどなあ、こいつって思う。

だけど、オレがそろそろなあって思う前に、むこうから、その子のほうが先にそっと離れていくんだ。そろそろどうにかしなきゃいけないんだな、この子を、と思う前に、その子がオレから離れていく。そうすると何もしてくれなかった、何もしなかったということになって、オレはもっと感謝する。ただひたすら感謝する。

女の子が若い時は、オレとつきあって愛人みたいな存在でもかまわなかったろうと思う。だけど自分ももうそろそろ、もうじき年とるし、将来もいつまでもこの人の世話になっていられないと思うんじゃないか。若い子が現われたら私は捨てられてしまうんじゃないかと考えたりもするんじゃないかな。だとしたら今のうちにそろそろ別れないと……そういう心馳《こころば》せが彼女にはあったのかもしれない。

オレは考えるんだけど、尽くしてもらえることにありがたくてしょうがない。悪いなと思う。そしてそれに答えられない自分が本当にいやになる。だからオレの場合、尽くしてくれる女とつきあうと、そのうち自分がいやになってくるんじゃないかと思う時がたびたびある。申し訳ないと思っているし、尽くしてくれたことに対してどうやって返すか、どうにかしたい、でもそれができない。そうなると自分がいやになる。だったら会わないほうがいい、別れてしまえ……。

別れた女の人のことはずっと引っかかっている。それはもう原罪っていうか、一生背負っていくものだと思う。やっぱり世話になったというか、申し訳ないことをしたなという女は確実にいるから、それはずっと、オレは死ぬまで背負っていくと思うけど。

無題

永遠の愛を誓ったふたりでも
はしの使い方ひとつで別れることもある
永遠の愛とは
永遠にウソをつくことであろう

本書は一九九九年二月、小社より『愛でもくらえ』の四六判として刊行されたものに、一部加筆しました。

一〇〇字書評

切り取り線

購買動機（新聞、雑誌名を記入するか、あるいは○をつけてください）	
□（　　　　　　　　　　）の広告を見て	
□（　　　　　　　　　　）の書評を見て	
□ 知人のすすめで	□ タイトルに惹かれて
□ カバーがよかったから	□ 内容が面白そうだから
□ 好きな作家だから	□ 好きな分野の本だから

●最近、最も感銘を受けた作品名をお書きください

●あなたのお好きな作家名をお書きください

●その他、ご要望がありましたらお書きください

住所	〒				
氏名		職業		年齢	
新刊情報等のパソコンメール配信を 希望する・しない	Eメール	※携帯には配信できません			

あなたにお願い

この本の感想を、編集部までお寄せいただけたらありがたく存じます。今後の企画の参考にさせていただきます。Eメールでも結構です。

いただいた「一〇〇字書評」は、新聞・雑誌等に紹介させていただくことがあります。その場合はお礼として特製図書カードを差し上げます。

前ページの原稿用紙に書評をお書きの上、切り取り、左記までお送り下さい。宛先の住所は不要です。

なお、ご記入いただいたお名前、ご住所等は、書評紹介の事前了解、謝礼のお届けのためだけに利用し、そのほかの目的のために利用することはありません。

〒一〇一－八七〇一
祥伝社黄金文庫編集長　萩原貞臣
☎〇三（三二六五）二〇八四
ohgon@shodensha.co.jp

祥伝社ホームページの「ブックレビュー」からも、書けるようになりました。
http://www.shodensha.co.jp/bookreview/

祥伝社黄金文庫

愛《あい》でもくらえ

平成13年2月20日　初版第1刷発行
平成29年12月5日　　　第2刷発行

著　者　ビートたけし
発行者　辻 浩明
発行所　祥伝社《しょうでんしゃ》
〒101－8701
東京都千代田区神田神保町3－3
電話　03（3265）2084（編集部）
電話　03（3265）2081（販売部）
電話　03（3265）3622（業務部）
http://www.shodensha.co.jp/

印刷所　堀内印刷

製本所　ナショナル製本

Printed in Japan　©2001, Takeshi Kitano　ISBN978-4-396-31240-7 C0195

祥伝社黄金文庫

和田秀樹

頭をよくする ちょっとした「習慣術」

「ちょっとした習慣」でまだ伸びる！「良い習慣を身につけることが学習進歩の王者」と渡部昇一氏も激賞。

和田秀樹

人づきあいが楽になる ちょっとした「習慣術」

対人関係の感覚が鈍い「人間音痴」な人々――彼らとどう接する？ また自分が「音痴」にならないためには？

和田秀樹

お金とツキを呼ぶ ちょっとした「習慣術」

実は、科学的に運をつかむ方法が存在していた！ 和田式「ツキの好循環」モデルをこっそり伝授。

和田秀樹

負けない 大人のケンカ術

負けぬが勝ち！「九勝一敗より一勝九分のほうがよい」――「倍返し」できなくても勝ち残る方法があった！

和田秀樹

スクールカーストの闇
なぜ若者は便所飯をするのか

「20代の5人に1人が便所飯を経験」――この驚愕《きょうがく》の調査結果が意味するものは？ 若者の歪んだ心理を解読。

和田秀樹

会社にいながら年収3000万を実現する
「10万円起業」で金持ちになる方法

実は、会社に居続けるほうが「成功の芽」を見つけやすい。小資本ビジネスで稼ぐノウハウが満載。